W0201157

WILLIAM LEYMERGIE

MIREBALAIS
OU L'AMOUR INTERDIT

roman

ALBIN MICHEL

© Éditions Albin Michel, 2021

Pour Mary

En Dordogne, au XVIII*e siècle, Louis XV le « Bien-Aimé » est au pouvoir. Il a une favorite : la marquise de Pompadour, jolie, intelligente et ambitieuse. La France compte environ vingt-cinq millions d'habitants, et s'apprête à en accueillir un nouveau.*

Il se prénomme Mauro.

La pièce est sombre. Sur le sol en terre battue, Baudry Mortesagne s'approche, attrape l'enfant et le dresse à la lumière de la seule fenêtre de la ferme, à côté de l'étable. Presque au milieu des bêtes, un bébé pousse son premier cri. Le bambin est potelé. Plus de dix livres. Le père Mortesagne le saisit et l'observe sous toutes les coutures ; la tête, les mains, le sexe, les jambes. Il le repose, satisfait, sur le ventre d'Émilande, sa femme, et retourne s'asseoir sur le bahut, entre la table et le lit de paille. Baudry réfléchit tout en tournant sa badine de chêne entre ses doigts.

– T'as vu sa tête ? Lui, c'est un petit *mauro* !

– Un *quoi* ? demande Émilande, fatiguée.

– Un petit Maure, il est tout mat.

– Bah, comme toi...

– C'est pour ça qu'on va l'appeler Mauro, assène-t-il.

– Mais c'est pas un prénom, ça !

Émilande tente de se relever sur la couche de paille, mais tout son corps souffre encore des douleurs de l'accouchement.

– Maurice, ça serait mieux, non ? grimace-t-elle.

– Non, murmure Mortesagne, définitif.

Émilande, tout en sueur, caresse le front de son fils, passe le doigt sur son nez, sur ses lèvres épaisses, son menton bien rond. C'est vrai qu'il a les traits sombres de Mortesagne, brûlés par le soleil des vignes du Sud. Un petit pruneau, pas trop plissé, songe-t-elle. Seule satisfaction de son côté : il a bien les cheveux clairs. L'enfant sourit aux anges. Marie, la sage-femme, déjà sous le charme de ce nouveau venu dans sa troupe de bienheureux, presse le linge de coutil frais sur les tempes d'Émilande. Un poids digne d'une bête à concours. Un cou de taurillon. Des épaules déjà formées. Mauro n'a rien à envier à son frère, Willibert, son aîné de six ans, assis au pied du lit, indifférent à la fierté collective.

– Mauro n'est pas un prénom, Émilande, Mauro, c'est un destin, conclut le père Mortesagne, sûr de sa prédiction.

1

– Mauro ! Là ! Derrière toi ! Attention !

La botte de paille vole au-dessus de la tête du jeune homme qui la saisit au passage. Mauro sifflote, entasse les ballots les uns après les autres. Tout le monde semble admirer son aisance et sa décontraction. On est en juin, c'est la saison des foins.

Georges, l'intendant des terres du vicomte Hervé Possoles de Meynac, veille au grain depuis le terre-plein de la propriété. Le castel en pierres du vicomte domine les champs et la vallée en contrebas qui conduit à la Dordogne. L'œil rivé vers le ciel, l'autre vers les ballots de paille empilés, Georges note leur nombre sur son grand cahier vert de comptabilité. La tâche est ardue : mener la fin de la fauche avant l'orage. Les hommes du vicomte et les manouvriers employés pour l'occasion s'activent aux quatre coins de la propriété. Il n'y a pas de temps à perdre. Si les foins finissent trempés, les bêtes n'auront rien à manger cet hiver. On ne pourra pas conserver la viande non plus. Les faneuses s'affairent dans les champs. Les chevaux de tous les manouvriers du coin ont été réquisitionnés pour Monsieur le vicomte. Il paie bien, tout le monde le sait. Georges, l'intendant, n'oublie pas que les années précédentes n'ont pas été bonnes. Les disettes et les famines se sont trop de fois répétées. Les uns et les autres en ont assez de souper d'avoine et de racines. On rêve de gras ! De saumons de douze livres et de truites ! Dans les vignes, les raisins sont gorgés de soleil. L'hiver s'annonce bien.

Dans ce va-et-vient de fourches et de faux, Mauro domine d'au moins deux têtes cette armée solidaire.

Désormais jeune homme, le cadet des Mortesagne a fière allure, le cheveu blond, la mèche vagabonde, la démarche féline.

Il abat surtout une quantité de travail supérieure à celle de ses collègues essoufflés. Il prend même le temps d'en aider certains, quand il n'accompagne pas d'une tape la fesse rebondie d'une servante qui circule, les bras débordants de jarres d'eau fraîche.

C'est un beau garçon. Il le sait. Il en joue. Même les cuisinières sortent sur le pas de la porte pour apprécier la musculature de son torse nu luisant de sueur. Elles sont sous le charme et n'hésitent pas à lui donner double ration d'omelette à la reprise du matin en échange d'un sourire, ou d'un clin d'œil. Émilande, sa mère, devenue bien vieille avec les tâches du quotidien, aime entendre les nombreux compliments qu'on lui rapporte au marché le lundi à propos de son cadet. Elle jubile quand on vante le buste trapu de son fils, ses épaules denses et sa peau dorée au soleil. Elle est fière de sa progéniture.

– Dites donc, qui est ce gaillard, là-bas ? demande l'abbé Noyès à l'intendant, le doigt pointé vers Mauro.

– C'est le fils Mortesagne.

– Mais... le fils Mortesagne... c'est Willibert, non ?

– Non, non. Lui, il est plus âgé, il est à la guerre. Celui-là, c'est Mauro. Le plus jeune.

L'abbé joue de sa fine moustache. Il est surpris. Dans son souvenir, Mauro était un petit blondinet, un peu turbulent.

– Ah oui, je le voyais rarement à la messe. Aujourd'hui encore moins... En contemplant ces exploits, je comprends qu'il n'a pas le temps de fréquenter ma paroisse.

– Je dois dire que je suis content de l'avoir embauché, confesse Georges. Ah ! Veuillez m'excuser, mon père, on m'appelle dans le vallon.

– Oui, oui, faites, faites...

Noyès écoute à peine. Tant de facilité, tant de gentillesse et de vigueur réunies chez un si jeune homme force le respect.

Ses pensées sont détournées par la petite domestique qui passe devant lui avec ses brocs d'eau à la main.

– Vous en voulez, mon père ?

– Bien volontiers, mon enfant, merci.

Son verre d'eau fraîche avalé d'une traite, l'abbé s'essuie le coin de la lèvre et la moustache avec son mouchoir brodé, sans oublier de jeter un œil averti sur le décolleté généreux de la damoiselle.

– Dites-moi, vous pourriez me conduire à la table de vos gars, là ? Je partagerais volontiers leur collation et puis j'en profiterai pour bénir cette journée par la même occasion.

– Bah, bien sûr, m'sieur le curé.

L'appétissante servante l'entraîne dans les cuisines qui débouchent à l'ombre des chênes à l'arrière de la propriété. Sur des tréteaux de bois, la table est déjà dressée et les bancs prêts à recevoir les saisonniers affamés.

– Vous les connaissez bien tous ces jeunes gens ?

– Oh oui, presque.

– Celui-là, là-bas, le grand ?

– Lui ? Si je le connais ? Ah oui. Tout le monde le connaît. C'est Mauro, m'sieur le curé ! Et si je devais me confesser, je vous dirais que…

L'abbé Noyès refuse d'en apprendre davantage. Ce n'est pas le lieu pour de telles confidences.

– Je voulais seulement savoir s'il était aussi aimable et enjoué qu'il en a l'air.

– Ah oui, pour ça, on peut pas dire qu'il soit sombre, taquine la gracieuse coquine. Il est même… doux…

caressant... vigoureux... quand il vous prend, m'sieur le curé, il s'arrête pas... C'est enjoué, ça, non ?

Le curé a fort bien compris l'enthousiasme de la jeune fille et fait mine d'être gêné, il le fait même fort bien.

– Oh pardon, m'sieur le curé… mais c'est vous qui m'avez demandé aussi… Disons qu'il sait y faire pour mettre les filles dans le tournoi, comme on dit.

Noyès, interpellé, fronce le sourcil.

– Dans le tournoi ?

– Bah, ça bataille sous les draps, quoi ! Vous voyez ce que je veux dire !

D'un clin d'œil, la petite porteuse d'eau s'amuse de son effet.

– Comme vous le dites, il est aimable, mais pas qu'un peu et avec toutes. Il sait partager, quoi ! Et croyez-moi, ça défile à l'étage à madame Thomas !

La servante titille avec bonheur monsieur le curé.

Ce qu'elle ignore, c'est qu'il lui en faut bien plus.

– Vous savez, avec lui, c'est comme chez vous, hein !

– C'est-à-dire ?

– C'est divin !

Elle éclate d'un rire sonore et joyeux.

– Allez, m'sieur le curé, c'est pour plaisanter ! Vous n'êtes pas fâché, hein ?

Bien entendu que monsieur le curé ne l'est pas, mais ces jeunes gens sont à ses yeux bien insolents.

D'une main raide, il lisse les plis noirs de sa soutane qui recèle un corps sec et malingre.

L'intendant le hèle au loin. La vicomtesse est chez elle, l'informe-t-il, il peut venir la visiter. L'abbé saisit l'opportunité pour quitter l'assemblée et cette amusante servante peu effarouchée.

– Je dois y aller, mon petit. Je reviendrai comme promis pour bénir le repas de ce soir.

Au même instant, sur le perron, le vicomte claque la lourde porte de son castel. C'est un fin gourmet et cela se voit. Son ventre le précède. Appuyé sur une canne d'or pommelée, Hervé Possoles de Meynac, montre de gousset suspendue au gilet, avance à pas lents, le regard en alerte. Cet homme rougeaud, mouchoir brodé à la main, traîne toujours un air préoccupé et ne cesse de s'éponger tant la sueur lui colle à la peau. Pourtant, il n'a jamais rien fait que récolter le fruit des terres héritées de ses aïeux présents en ces lieux depuis le Moyen Âge.

– Nous ne vivons pas sur les contreforts de la Dordogne, mon brave, c'est la Dordogne qui vit sur les contreforts de Possoles de Meynac, a-t-il l'habitude de répéter, avec orgueil, au premier étranger de passage, de sa voix éraillée.

Le vignoble des Possoles de Meynac est un des meilleurs de la région, exceptionnel écrin d'alcools de prune et de noix. Le gibier de la propriété fait aussi des envieux dans toute la région. Mais depuis quelques années, avec la révolution du commerce des armes, le vicomte nourrit en secret le désir de développer l'industrie florissante de la forge. Les canons le fascinent.

– L'avenir, c'est l'avenir, croyez-moi, répète-t-il aux métayers qui ont pourtant bien d'autres préoccupations.

Il a bien cherché à racheter les forges de Savignac-Lédrier, mais, hélas, son jeune propriétaire, un parvenu de Bordeaux, un « boutiquier », au dire du vicomte, n'a que faire du vieux rentier et ne s'émeut pas de ses avances sonnantes et trébuchantes. En vérité, peu sont ceux qui écoutent encore le vieux vicomte à part lui-même.

Sa jeune épouse, Aléïde Possoles de Meynac, née Minier de Fallois, aussi gracieuse qu'il est lourdaud, tente de combler de sa grâce naturelle les radotages de son vieux mari. Soucieuse des devoirs qui sont les siens, vêtue de robes de coton sombres mais élégantes, parfaitement ajustées, elle tient son rang en venant en aide aux familles les plus pauvres, visite les nouveau-nés de la vicomté et fréquente chaque semaine l'abbé Noyès qui ne manque pas de la confesser en retour.

– Confesser votre femme, monsieur le vicomte, revient à confesser une sainte, se plaît-il à dire. Ce n'est pas un devoir, c'est un cadeau de Dieu.

Aléïde n'apprécie guère le moment des vendanges et des moissons. Voir suer sous ses yeux les paysans de son époux, ces malheureux si mal payés, l'importune au plus haut point. Elle préfère s'enfermer dans son cabinet de musique et jouer des airs mélodieux sur son clavecin. Parfois, les derniers jours des récoltes, elle ose s'aventurer sous le dais dressé sur la terrasse qui domine les champs. Elle y retrouve des amis de son mari, l'intendant et l'abbé Noyès qu'elle a autant de plaisir à voir qu'à entendre.

Noyès l'amuse, Noyès la distrait, Noyès se veut poète. Il a appris quelques fabliaux dans sa jeunesse lointaine, qu'il récite avec un certain talent. Suffisamment pour impressionner, au cours de repas arrosés, le vicomte, aussi inculte que ses amis nobles ou ses voisins chasseurs. Aléïde aime imaginer que cela se passe ainsi à Versailles. Elle apprécie la voix rocailleuse de l'abbé, qui résonne chaque dimanche, à la messe de Saint-Cyprien. Ses homélies ressemblent à de véritables contes épiques. Cet homme aurait pu être troubadour ou fou du roi s'il n'avait épousé la foi. Elle devine sous la soutane la ferveur, certes, mais aussi la grivoiserie qui sied aux hommes de son état. D'ailleurs les soubrettes de la vicomté lui confient tout. Ce curé est encore fort ardent auprès de la jeunesse du village. Aléïde lui pardonne ses faiblesses. Au fond, cela l'amuse et nourrit son imagination, occupe son esprit plutôt dédié aux bonnes œuvres locales. C'est l'idéal pour habiter son cœur vide d'amour, sans parler de ce corps ferme et charnel délaissé par un mari distant depuis longtemps. Nul ne le sait, nul ne peut le deviner, mais en secret Aléïde rêve de bals, de musique, de chevaliers vigoureux… et de passion.

Dans l'entrée, l'abbé Noyès attend.

– J'ai entendu votre voix, mon père. Je n'ai pas résisté au plaisir de venir vous saluer.

– Madame la vicomtesse, je suis toujours ravi de vous voir.

Noyès s'incline avec respect. Certains diraient qu'il est obséquieux.

– Quelle chaleur ! J'ai demandé à Eugénie d'apporter un peu plus d'eau qu'à l'accoutumée.

– Votre petite Eugénie ne fait pas qu'amener de l'eau ! Elle cause ! Elle cause ! Elle a même la conversation un peu leste... et le tablier qui ne cache pas grand-chose, bondiou ! Oh ! Pardon ! Madame la vicomtesse, le mot m'a échappé...

– Je vous pardonne, l'abbé. Mais je suis attachée à cette jeune femme. Elle a son franc-parler, elle est fraîche... et n'a peur de personne ! Je crois qu'au fond je l'envie, soupire-t-elle, en agitant son éventail d'une main rapide.

L'abbé ne relève pas. Il désigne la petite troupe qui se déploie sous leurs yeux.

– Vous avez vu ce jeune homme blond qui se démène là, au centre ? C'est paraît-il le dernier des Mortesagne.

Je l'avais comme enfant de chœur. À l'époque, il me chapardait mes hosties pour les donner aux lapins.

Aléïde Possoles de Meynac suit le regard de l'abbé. Difficile de rater Mauro. Il occupe l'espace, on ne voit que lui. Sourire aux lèvres. Torse bombé, musculature insolente. Une gravure.

L'éventail de la vicomtesse cesse brusquement.

– À table ! sonne l'intendant au loin en claquant des mains.

Tous les manouvriers au labeur depuis le lever du jour se ruent vers les tablées : poulets grillés, maïs, vin frais défilent dans un ballet savamment orchestré. Le temps presse.

L'abbé Noyès ne quitte pas Mauro du regard et observe avec étonnement qu'il n'est pas le seul.

Aléïde est sous le charme, captivée. Presque hypnotisée !

– Je me retire, madame, je viendrai ce soir, je l'ai promis...

Noyès abandonne les lieux, satisfait d'avoir attiré l'attention de la vicomtesse sur ce jeune homme.

Madame ne l'entend plus.

2

Depuis quelques semaines, l'abbé Noyès n'a plus qu'une idée en tête : Mauro Mortesagne. Après sa venue sur les terres du vicomte pour les fêtes du foin en juillet, il a mené une véritable enquête aux quatre coins de la vicomté et s'est renseigné au sujet du paysan madré.

L'instituteur de Saint-Cyprien l'a vite rassuré sur les capacités de son ouaille perdue pour la foi.

– C'est un bon garçon, plein de fougue. Pas bête non plus. Il a un don pour les mathématiques, pour sûr. Il a vite appris à lire et à écrire aussi. Assurément l'un de mes élèves les plus doués ! Dommage qu'il ait été si peu régulier sur les bancs de notre école...

Sa nourrice, la belle Agnès Saumande, dont Noyès était fou amoureux à l'époque de son noviciat autrefois, ne tarit pas d'éloges sur son ancien protégé.

– Je l'aime beaucoup, ce petit Mauro ! Il est généreux. Il a grandi avec ma Lison, vous savez ! Je l'ai élevé comme mon fils. Ils sont comme les deux doigts de la main, ces deux-là. Je crois même qu'ils fricotent un peu...

Même son de cloche chez Germaine Thomas, la logeuse de Mauro. La tenancière du tripot de campagne chique et prise du tabac, et avec ses manières brutales, sa voix rauque et grasse, la dame effraie plus qu'elle ne rassure. Pas Noyès. La mère Thomas correspond en tout point à son métier. Elle ne triche pas sous son chignon et ses cols blancs bien repassés. Son ami le curé y voit même la marque d'un certain équilibre.

– Bah, Noyès, qu'est-ce que tu fais là ? Tu sais bien que je suis fermée aujourd'hui !

– Justement, ça m'arrange, y a moins de clients... J'ai quelques questions à te poser à propos du jeune Mauro Mortesagne.

– Qu'est-ce que tu lui veux ?

– Que du bien. Et je veux savoir s'il est digne. Tu le loges là-haut ?

– Oui, bah tu connais, hein. C'est pas bien luxueux, mais ça lui est égal au petit, je lui fais pas payer. En échange, il me porte les jarres de vin et il m'aide au service deux fois par semaine, tout ça après son travail à la ferme. Eh ben, malgré tout cela, il fait des heures la nuit... Et vas-y que ça tape, que ça crie, et que ça rit là-haut... Toutes les petites du coin connaissent l'endroit, je peux te le dire ! Moi, ça me regarde pas ce qu'ils font de leurs fesses. Et puis ça me fait du monde.

En tout cas, sa préférée, c'est la belle Lison, la fille de la Saumande. Elle fait le service avec moi. Tu la connais, non ? Ils vont bien ensemble. Des fois, Mauro m'aide à mettre quelques pochetrons dehors. Il est pas contre la bagarre. Il a le sang chaud ! Ça se voit qu'il est du Sud, celui-là ! Et puis, et puis... si tu voyais ses yeux clairs ? On lui donnerait le bon Dieu sans confession...

– Tu as raison, il n'en a pas besoin. C'est sans doute pour ça que je ne le vois pas souvent à l'église, s'amuse Noyès que ce tableau enchante.

Dans les campagnes, la nature rythme les saisons, en Dordogne comme ailleurs. Cette année, pourtant, le temps des vendanges est plus précoce que les années précédentes. L'abbé Noyès sait qu'il s'agit du moment idéal pour revoir Mauro. Il a décidé de s'inviter une fois de plus à l'une de ces fêtes que le vicomte doit organiser pour célébrer les grands rendez-vous de la terre. Il observe, passe entre les bancs et les tréteaux. Tout ce petit monde est ravi. Les réjouissances battent leur plein. Les enfants s'amusent à aplatir des bottes de foin pieds nus, la bouche pleine de grains de raisin gorgés de sucre. À l'entrée des champs, les traîneaux de bois attendent encore. Chacun viendra récupérer son matériel dans les prochains jours. De son côté, le vicomte est satisfait, les récoltes sont excellentes, la qualité et la quantité au rendez-vous. Il est fier d'offrir une telle fête à ses invités. Cela marque un peu plus sa mainmise sur son territoire. On a même sorti les tonneaux pour l'occasion. C'est un vin de Bordeaux qui arrose le repas. Hervé Possoles de Meynac trinque avec qui veut. Tout le monde n'a qu'une envie : chanter, danser, boire et manger. Qu'importe l'ordre.

Noyès se poste devant les broches, où la peau du cochon bien dodu croustille déjà. Un peu plus loin à l'écart des viandes, sur des grilles de cuivre, sont étalés les poissons de la Dordogne. Des barbeaux, des truites et des saumons. Mauro se charge de les retourner et de les arroser soigneusement. La chaleur des braises est si puissante que l'abbé en profite pour lui apporter un verre de vin et s'attabler avec les Mortesagne, père et fils. Willibert, l'aîné des Mortesagne, n'a pas la même énergie que Mauro. Il revient de plusieurs années de guerre, où il s'était engagé comme mercenaire. Blessé à la jambe, il boite légèrement, et traîne son fardeau dans l'une des fermes du vicomte, mais sa reconversion à la vie civile est difficile. Le père Mortesagne garde toujours un œil sur son aîné. Il est heureux qu'il ait accepté de venir festoyer, car le seul plaisir de Willibert aujourd'hui tient en cinq lettres : Mauro, son jeune frère, devenu le héros du village, voire de toute la vicomté. La réciproque est vraie aussi.

– À mon frère le guerrier ! lâche Mauro, son verre à la main.

– À Willibert ! Fort et vivant ! Que Dieu le bénisse,

encourage l'abbé Noyès, en levant son godet qu'il vient de remplir à nouveau.

Tout le monde trinque gaiement, Mauro un peu plus que d'habitude.

– « Que Dieu le bénisse »... Bah, il était temps, hein, m'sieur l'abbé ! persifle le plus jeune des Mortesagne. Quand mon frère a été blessé au front, il était pas là, votre Dieu, hein !

– Allez, ne blasphème pas, mon garçon. Toi aussi tu es un enfant de Dieu.

Mauro boit cul sec.

Son père lui fait signe de se calmer.

– Quoi ? T'es pas d'accord, le père ? Il était où, le bon Dieu quand Willibert a failli mourir ?

Le père Mortesagne s'excuse auprès de l'abbé Noyès qui ne semble pas plus choqué que cela.

Willibert saisit le bras de Mauro pour lui signifier d'arrêter.

– Dieu n'était peut-être pas dans la région, badine Willibert d'une voix lente et caverneuse afin de détendre l'atmosphère.

Noyès n'est pas mécontent de voir le jeune Mauro avoir le culot de s'attaquer à lui, même si l'alcool est à l'origine de cette audace. Petits et grands se laissent porter par les premières notes des musettes, le bal s'improvise.

– Si l'existence de Dieu t'intéresse, viens me voir à l'église... on en parlera. Je pourrais t'étonner, tu sais.

Mauro tient à faire le malin. Au point où il en est… Tout en sortant les saumons du feu, il fanfaronne :

– L'église… l'église… C'est pas la grange là-bas, à la sortie du village, avec un chapeau pointu et une croix dessus ?

– Oui, c'est ça, excellente description du clocher, acquiesce Noyès qui ne veut pas avoir l'air d'un rabat-joie.

Son père et son frère finissent par rire de bon cœur eux aussi.

– Allez, Mauro, je sais que tu viendras dans cette église, ça te rappellera des souvenirs quand tu étais enfant de chœur. Tu as dû oublier tout ça. Il est temps qu'on utilise tes capacités…

– Ah bon ? Vous savez ça, vous ? interroge-t-il en apostrophant l'abbé, d'un air fier. J'ai des « capacités » maintenant ?

Mauro tente tant bien que mal de cacher sa surprise. Que lui veut donc cet abbé ?

– Oui, on m'a beaucoup parlé de toi, figure-toi. Et en bien. Tu es fort, certes, mais tu fais aussi preuve d'une intelligence qui m'intéresse.

Mauro n'avait jamais entendu un tel compliment à son sujet. Il pose son verre et tente d'en savoir davantage.

– Et pourquoi pas de l'esprit, tant que vous y êtes ? Dites donc, on dirait qu'je suis pas le seul à avoir bu, m'sieur l'abbé, plaisante-t-il.

Noyès ne s'en laisse pas conter.

– Oui, de l'esprit. Et pourquoi pas, après tout ?

rétorque l'abbé, pas mécontent d'avoir interloqué le jeune Mortesagne. Je suis sûr que parmi tous les gaillards que compte la région, tu es sans doute l'un des plus prometteurs.

Le visage de Mauro s'obscurcit maintenant. Il sent que les propos de l'abbé sont plus sérieux qu'il ne le pensait.

– Je me suis vraiment renseigné à ton sujet, tu sais, déclare Noyès, péremptoire, lissant sa moustache du pouce et de l'index.

Mauro se redresse. Ce que dit le curé le désarçonne vraiment.

Le spectacle suscite même l'intérêt des autres convives assis sur les bancs et aux tablées voisines. Une tension perceptible s'installe entre les deux hommes, d'un côté Mauro, agité, dépoitraillé, les muscles en alerte, et de l'autre, l'abbé, fluet, cintré dans sa soutane noire, enveloppé jusqu'au cou. Les deux sont passablement éméchés. Mais l'un, plus solide que l'autre, mène le jeu.

– Renseigné ? Et pour quoi faire ? s'agace Mauro.

– Pour savoir si tu mérites l'intérêt que je te porte. Tu sais, il faut des jeunes pour assurer la relève des anciens. Et ton père et moi, on sait de quoi on parle. Hein, Baudry ?

Le père Mortesagne approuve en portant son verre à ses lèvres.

– Et pourquoi pas un paysan après tout ? reprend Noyès. Hein ? Certains sont devenus de grands clercs, et d'autres de vaillants officiers. Il ne suffit pas de « faire le tournoi », comme vous dites, avec toutes les Lison du coin pour devenir un gentilhomme...

Noyès n'a pas le temps de terminer sa phrase qu'au seul nom de Lison, Mauro bondit sur l'abbé.

Son père et son frère le ceinturent pour lui couper le chemin.

– Calme-toi, Mauro ! Tu es fou ! Tu as trop bu. Laisse-le finir !

L'abbé lâche son verre, qui tombe sur le gravier, il est pétrifié. Il n'avait pas perçu que tout était permis, sauf de mêler Lison à la conversation. Il le comprend un peu tard en remettant sa soutane en place.

– Lison, ne prononcez pas son nom ! Vous ne savez même pas qui elle est ! Lison, c'est tout mon cœur, celle que j'aime ! éclate Mauro en bafouillant légèrement. Ne la confondez pas avec toutes les catins du coin.

– J'ai pas voulu dire ça, Mauro, s'excuse Noyès. Je sais que Lison est une fille honnête et sérieuse. Tout ce que je dis, c'est que tu es un jeune homme plein d'avenir. C'est tout.

– Vous lui voulez quoi à mon fils, monsieur l'abbé ? demande finalement le père Mortesagne pour mettre fin à l'incident.

– Je veux... je veux...

L'abbé hésite. Il cherche ses mots. Des mots justes.

– ... je veux qu'il aille haut… très haut.

De la main droite, Noyès désigne le ciel.

3

L'auberge de la mère Thomas n'a rien de luxueux : une vieille grange à étage, aménagée par son mari, mort du typhus, au retour de la guerre. Sans vraiment y réfléchir, elle a pris la suite de son mari. À part quelques menus travaux, rien n'a changé depuis cette époque. C'est même pour cette assurance d'y trouver toujours la même ambiance, les mêmes clients, que toute la vicomté ou presque vient chaque dimanche que Dieu fait boire un verre autour des tonneaux transformés en tables. Parfois, on hausse le ton sous les poutres et l'escalier, certains poussent la chansonnette, d'autres montent à l'étage pour des conversations en tête à tête. Pas mal d'amours clandestines viennent s'y épanouir. La mère Thomas pourrait se vanter d'être la marraine de bon nombre d'enfants de la vicomté, mais elle se fait discrète sur le sujet.

– Bah, mon Mauro, t'as l'air bien joyeux aujourd'hui ? C'est le jour du Seigneur qui te rend si gai ?

Son tablier bien repassé autour des hanches, elle encaisse les clients, répond aux commandes et accueille les nouveaux arrivants sans jamais se départir de son légendaire sourire.

– Non, j'ai seulement rendez-vous avec Willibert.

– Ton frère est déjà là. Ta belle aussi.

Mauro donne une tape sur l'épaule de son aîné en guise de salut. D'un coup d'œil, il voit Lison au fond de la salle enfumée, vêtue d'un simple calicot blanc et de son tablier noir, ses cheveux relevés en chignon, le buste droit. Sa présence juvénile rafraîchissante honore ces lieux crasseux où les odeurs de vin se mêlent à celle de la sciure de bois. Willibert croise les yeux brillants de son petit frère.

– Alors c'est elle ? Je l'avais complètement oubliée. Elle était toute gamine quand je suis parti d'ici.

– Elle est belle, non ?

Mauro ne la quitte pas des yeux. Il écoute à peine son frère, hypnotisé par la servante de son cœur, qui passe de table en table, se faufile entre les clients et sert les commandes le sourire aux lèvres. Pour Mauro, Vénus doit lui ressembler.

– Elle est mieux que belle, elle est ravissante, confirme Willibert.

– Pour ces messieurs ?

Mauro s'extrait de son extase, au son de la voix chantante de Lison. Elle lui tient l'épaule discrètement.

Son amoureuse ne veut pas attirer le regard des autres clients, surtout en ce genre de lieu où les esprits s'échauffent pour un oui ou pour un non. Pourtant, ce pudique geste en dit long sur ses sentiments à son égard.

– Tu te souviens de Willibert ? Mon frère ! On fête son retour de la guerre, s'enthousiasme Mauro.

– Je m'en rappelle bien. Tu nous construisais des moulins à eau sur la Dordogne avec des branches quand on était minots.

– Tu te souviens de ça ?

– Parfaitement. Qui aurait oublié ?

Lison s'attarde. Dans le brouhaha, la voix rauque de la mère Thomas la rappelle à l'ordre.

– Mets-nous une prune, commande Willibert.

– Je vous amène vos verres.

Lison se fraie un chemin entre ces hommes endimanchés, certains venus de la ville trouver des femmes peu farouches.

– C'est la plus divine de toutes, confirme le grand frère. T'as bien choisi.

Une pointe d'admiration perce dans sa voix. Décidément, son petit frère a fait du chemin depuis son départ aux fronts. Ce n'est plus un adolescent. C'est un homme. Sa réputation le précède, et aujourd'hui le voilà amoureux.

– C'est la femme de ma vie, murmure Mauro.

Il étreint le poteau à côté d'eux, l'air un peu niais, sinon joyeux.

– Je veux lui faire des enfants, s'époumone-t-il. Un, deux, trois, quatre, cinq... Je veux l'aimer jusqu'à la fin de mes jours. Et puis, toi et moi, on pourrait reprendre la métairie tous les deux ? Non ? On travaillera pour le vicomte ? Tu voulais faire du safran, tu feras du safran ! Je suis sûr que le vicomte va adorer ton idée. Il aime bien ça, le vieux Possoles, les idées. Qu'est-ce que t'en penses ?

Willibert acquiesce mollement. L'engouement de son frère n'a pas le pouvoir de le convaincre. Depuis son retour, il tente de faire face, sans grand succès. La guerre lui a volé sa vie.

– Et qu'est-ce que tu fais de Noyès ? demande Willibert.

Mauro détourne la tête.

– Quoi, Noyès ? Il me fait pas peur.

Willibert ne comprend pas.

– C'est un bandit déguisé en apôtre, celui-là. Je sais pas encore comment m'y prendre avec ce genre d'individu. Mais t'inquiète. Pour l'heure, tout ce qui compte, c'est toi, les vieux et, bien sûr, ma jolie Lison.

– Et quelques autres aussi...

– Mais non... elles comptent pas, celles-là ! s'emporte le cadet des Mortesagne.

Lison pose les verres de prune devant eux, et passe

furtivement une main dans les cheveux de son amoureux. Il lui sourit comme au premier jour.

– C'est bête. T'aurais pu faire carrière, le cherche Willibert.

– Carrière ? Carrière dans quoi ?

– Je sais pas. T'aurais pu devenir un « monsieur »...

– Noyès t'a demandé de me parler ou quoi ?

– Jamais de la vie.

– Mais toi, aussi, tu pourrais faire quelque chose de la tienne.

L'aîné des Mortesagne regarde sa jambe estropiée en guise de réponse.

– Tu te débrouilles bien, arrête ! Et puis t'es là, maintenant. On est réunis. On est ensemble, pas vrai ?

Mauro saisit l'épaule de son frère en lui répétant chaque syllabe : EN-SEM-BLE. Willibert acquiesce sans grande conviction.

– De quoi j'ai besoin au juste ? D'une famille ? D'un travail ? D'une femme ? J'ai tout ça, non ?

– Tu vas pas t'ennuyer un peu ?

Au même moment, un cri de femme résonne dans toute la taverne.

Le brouhaha s'arrête net.

Tous les regards se tournent aussitôt vers la voix ferme de Lison.

Mauro la regarde prendre tout son élan et donner une grande claque à un homme qui la serre de près.

L'homme, engoncé dans son costume trop étroit, son col de chemise ouvert sur une cravate flétrie, tangue, manifestement aviné jusqu'à l'os.

Quelques secondes s'écoulent à peine, et Mauro, plutôt que de se frayer un chemin dans l'assemblée, bondit sur un tonneau, puis deux, et d'un coup de poing envoie l'indélicat sous un banc. Lison, interloquée, s'écarte, Mauro saute à pieds joints à ses côtés.

– Mais tu es fou !

– C'est lui qui est fou. Ça va lui coûter cher !

Il attrape Lison à son tour par la taille et l'assoit sur le comptoir à l'abri, non sans lui voler un baiser au passage.

La mère Thomas arrive jusqu'à eux.

– Eh, oh, les amoureux ! C'est pas bientôt fini votre cirque ? Pas de ça chez moi, aboie-t-elle. On n'est pas au spectacle. Toi, va servir, et toi, aide-moi à redresser les tables.

D'un geste sûr mais brusque, elle sépare le jeune couple.

– C'est bon, c'est bon, vous pouvez continuer à boire, hurle-t-elle à la salle.

Les bruits des verres, des blagues à tabac et des chants reprennent.

L'homme éconduit se relève tant bien que mal et met Mauro au défi avec son couteau. Surpris, Mauro est acculé, dos aux tonneaux. Un mouvement de foule tente de s'interposer entre les deux hommes. Mauro retrouve vite ses esprits, le couteau toujours sous le menton.

– T'es sûr qu'il coupe bien, ton couteau ? Tu l'as aiguisé ce matin ?

Les deux hommes sont face à face, presque nez à nez. L'humour de Mauro n'a pas l'air de plaire à son adversaire du jour. Mauro le saisit, resserre l'étreinte et tout d'un coup, l'homme s'envole et son couteau tombe à terre. Suspendu au bras de Willibert, il est conduit vers la sortie et jeté dehors sans ménagement.

Mauro est ébahi devant l'exploit de son frère.

– Mais comment t'as fait ça si vite ?

Willibert vient de lui sauver la vie.

– Allez, allez, on reprend, on boit, on rigole ! Que désire mon seigneur. J'attends les commandes, s'impatiente la mère Thomas, histoire de faire tourner son commerce.

Willibert retrouve sa place près de son frère, qu'une lame a quand même frôlé.

Il hèle Lison qui se rapproche.

– Remets-nous la même chose, ma petite belle-sœur.

Les sourires s'invitent sur les visages. Mauro pose un regard admiratif sur son frère. Les clients, rassurés, défilent en tapotant le dos de l'aîné des Mortesagne.

– Bravo Willibert, t'as pas perdu la main !

Ces accolades lui réchauffent l'âme.

– Faut bien que ça serve à quelque chose, cette foutue guerre, non ?

Les deux frères trinquent à nouveau dans la fumée de l'auberge, heureux d'un présent qui enterre un peu le passé.

– J'ai surtout repris l'entraînement.

Mauro écarquille les yeux.

– T'as revu Léon ?

– Toutes les semaines, depuis mon retour. Histoire de garder la forme... J'y croyais pas, mais les anciens me l'ont conseillé pour retrouver des sensations. La mobilité surtout. T'as vu, ça marche !

Mauro lâche un sifflet d'admiration.

– C'est vrai ! On remarque même pas ton pète à la jambe. Et Léon, il va bien ?

– Il a un peu vieilli. Ça arrive. Même aux meilleurs.

Mauro paraît surpris.

– Mais... il entraîne toujours ?

– Avec la fin des guerres de Louis XV, les chevaliers se font plus rares. Mais il a gardé le lien avec ses vieux élèves.

Léon Thérold, maître d'armes à Sarlat, a formé les meilleurs soldats de la région. Sa botte secrète est sa devise : « Prévenir, jamais subir ». Willibert, n'ayant jamais eu le goût du travail des champs, a tôt fait de s'exercer aux armes. Pour son plus grand bien. Quand un sergent recruteur pour les armées du roi est venu à

Sarlat pour enrôler des hommes, maître Léon Thérold a aussitôt donné le nom de l'aîné des Mortesagne. Il ne l'a jamais regretté. Probablement sa meilleure recrue. Thérold aime son sens de l'approche, toujours discret, et sa rapidité d'attaque hors normes. Des qualités qu'ils partagent.

La mère Thomas, derrière son comptoir, encaisse à tout va. Lison danse entre les tables avec son plateau.

– Si tu veux, je peux t'emmener à la salle d'armes.

– Pourquoi pas. Mais j'y connais pas grand-chose, tu le sais bien.

– Léon te dirait qu'un homme qui ignore le maniement des armes n'est pas tout à fait un homme.

Mauro ne dit mot.

– Il pourrait te donner quelques conseils pour te défendre. Ça te ferait du bien !

– Pour quoi faire ?

– Bah, tout à l'heure, par exemple, tu vois, ça aurait pu t'aider.

Mauro continue d'approuver en silence.

– Pour progresser, continue Willibert, aujourd'hui il faut savoir tenir l'épée si on veut aller plus haut…

– Mais qu'est-ce que vous avez tous à vouloir que j'aille en l'air !

Mauro saisit le poteau sous les yeux éberlués de son frère, s'agrippe à une poutre, et escalade l'escalier qui mène à l'étage. Suspendu, en équilibre sur la rampe, Mauro lance à son frère :

– Tu vois, je monte très bien tout seul ! Pas besoin de Noyès ! Pas besoin de Léon !

Sous le poids, la rampe craque, puis cède, faisant plonger au sol le jeune Mortesagne aux pieds de Lison.

– Pardon, ma Lison. Y a qu'avec toi que j'rêve de monter ! sourit-il, amoureux.

Il se relève, replace sa chemise dans son pantalon et prend Lison dans ses bras. Quatre à quatre, l'intrépide grimpe l'escalier qui mène à sa chambre. Par-dessus la rampe et le visage de Lison, il s'adresse une dernière fois à son frère :

– Allez, je suis d'accord, grand frère. Prends rendez-vous avec ton maître d'armes. Mais à une seule condition : qu'on y aille ensemble. Je veux qu'on s'amuse, toi et moi. Comme avant.

Mauro disparaît avec sa Lison.

En bas, la mère Thomas, derrière son comptoir, fulmine. Qui va encore faire le boulot ? Comme toujours, elle !

Willibert sourit. Si son frère a grandi, il n'a rien perdu de son âme de sale gosse.

Une fois dans la chambre, Mauro dépose Lison sur le lit. Alors qu'il ferme la fenêtre, sur le chemin au-dessous, il aperçoit un homme sauter du balcon voisin et s'échapper péniblement, la culotte à la main et la soutane sur les épaules.

– Eh ! Oh ! Dis donc ! L'abbé !

Noyès se retourne.

– C'est Noyès ! s'exclame Mauro en se tournant vers Lison qui accourt à son tour. Eh ! l'abbé, lui crie-t-il, t'as l'air pressé on dirait ! Mais moi j't'ai vu... je t'ai vu, je-t'ai-vu-je-t'ai-vu-la-raie-du-cul !

À ces mots, Mauro n'en peut plus de glousser, d'autant que derrière le curé, un mari, probablement cocu, tente de le rattraper. Noyès garde pourtant une longueur d'avance. Au bout du chemin, un carrosse l'attend, il s'engouffre à l'intérieur et le cocher démarre sur les chapeaux de roues. Mauro ferme la fenêtre, pas mécontent. Lui aussi désormais connaît un secret du respectable abbé Noyès…

4

Mauro et Willibert avancent à bride abattue vers Sarlat.

Les deux frères s'en donnent à cœur joie sur leurs chevaux ruisselants de sueur.

Comme deux gosses, ils font la course et renouent avec leurs sensations d'antan.

Oubliée, cette guerre. Willibert retrouve le sourire, Mauro en a pour deux.

En ville, les deux hommes lèvent la tête devant ces tours de noblesse qui font la renommée de la cité périgourdine. Les sabots des chevaux résonnent sur les pavés graisseux. La salamandre, emblème des lieux, orne la pierre blanche des bâtisses. L'animal rappelle au visiteur la résistance des habitants, jamais vaincus durant la guerre de Cent Ans.

Les deux compères s'attardent dans une maison de café et savourent cette amertume qu'ils ne trouvent qu'ici, à la ville, loin des champs. Le nectar réchauffe leurs papilles comme leur esprit.

Ils savent que l'occasion de se retrouver, de partir sur d'autres chemins, est à portée de rêve, et désormais ils osent rêver à haute voix.

Leurs tasses à peine reposées, les deux frères vont rencontrer Léon Thérold, le maître d'armes de Willibert. Il a accepté de les recevoir par amitié pour l'aîné des Mortesagne. Cet homme, la quarantaine accomplie, a combattu dans l'armée française, sur les fronts anglais, espagnol, et a toujours défendu la Couronne avec panache. Il a gagné ses galons sur tous les champs de bataille. Un expert du genre. Ses cheveux parsemés de mèches grises serrés dans son catogan rehaussent ses traits fins. Son corps mince et ferme, vêtu d'une blouse blanche assez ample, est protégé par une veste de cuir rembourrée. Pas de moustache, pas de barbe, pas de prise pour l'ennemi. Seule une chaîne en or autour du cou, souvenirs de ses séjours en Espagne, témoigne d'un souci d'élégance.

Thérold n'est pas du genre bavard. Il préfère agir plutôt que parler. Les fables fleurissent à son sujet. Certains parlent de don magique. Son habileté à désarmer sans peine et son calme légendaire impressionnent. Ses assauts saisissent par leur finesse, mais surtout, il sait anticiper les coups de ses adversaires. Thérold est un joueur d'échecs. Quiconque passe entre ses mains trouve place dans l'armée tant son enseignement est prisé et reconnu. Depuis son retour de la guerre, il ne se consacre plus qu'à ses anciens élèves. Willibert en fait partie. Le maître d'armes veut transmettre son savoir et laisser la place aux plus jeunes de ses cadets.

L'aîné des Mortesagne n'est pas peu fier de présenter à son frère un tel maître qu'il admire et respecte. Willibert et Mauro s'annoncent chez Thérold qui demeure à deux pas du palais de justice. Un jeune cadet les conduit par les couloirs d'une vaste demeure aux plafonds bas. La salle d'entraînement, tout au bout, contraste avec ses hauts murs blancs, ses poutres imposantes et ses larges fenêtres.

Une lumière naturelle baigne l'ensemble des lieux. Au-dessus de la porte, on aperçoit un immense blason sur lequel se croisent deux épées surmontées là aussi d'une salamandre.

– Mon cher Willibert...

Maître Léon Thérold s'avance d'un pas vif vers son vieux compagnon et lui tend ses bras longilignes pour une ferme accolade digne d'un gascon.

– Maître...

Les deux hommes ne cachent pas la joie de leurs retrouvailles.

– Merci de nous accueillir, maître. Je vous présente Mauro, mon « petit » frère.

Willibert accentue le « petit », provoquant au passage un sourire du maître au vu de la taille de « l'enfant ».

– Content de te connaître. Maître Léon Thérold, s'annonce-t-il, d'un ton solennel.

Le jeune Mortesagne s'incline.

Léon, paternel, tapote l'épaule du « petit » frère tandis que Willibert s'empresse déjà d'attirer son maître à l'écart pour lui expliquer l'objet de sa visite. Le cadet des Mortesagne parcourt, à peine impressionné, la salle d'armes sous l'œil des deux hommes. Il contemple en silence les hallebardes alignées au mur, les plastrons en métal, le cheval d'arçon en bois et les mannequins aux cœurs rouges. À des potences sont suspendus des sacs de frappe en cuir. Mauro ne résiste pas et cogne l'un d'eux, qui vacille puis se décroche. Thérold et Willibert se retournent, étonnés.

Mauro s'excuse, cherchant à replacer correctement le sac.

– Euh... pardon... je vais le remettre...

Willibert le fusille du regard. Ça commence mal, songe l'aîné. Mauro multiplie les justifications. Pourtant, Thérold ne cache pas sa surprise. Il ne lui reproche rien et pour cause : qui parmi ses élèves parvient à décrocher ce sac si bien maintenu et si lourd ? Quasiment personne.

Mauro capte des bribes de phrases au passage.

– Toi, tu es un soldat... pour quoi faire... très occupé, tu sais...

Du coin de l'œil, écoutant d'une oreille, Thérold observe le cadet.

Mauro s'avance désormais vers les fourreaux d'épée. Il fait glisser la lame, saisit le pommeau à pleine main, et mime une charge, buste droit, bras arrière relevé, en garde, pointe, esquive et flèche son adversaire invisible.

Thérold note la dextérité du jeune homme. Encore maladroit, il n'en est pas moins rapide et agile.

Il cesse de parler avec Willibert.

– Que sais-tu faire, à part ça ? lui demande-t-il d'un ton ferme. Il se dit qu'il pourrait peut-être tester ce cadet bien volontaire.

Mauro, surpris, replace aussitôt l'épée sur son crochet. Et manque de faire tomber la rangée de masques. Thérold le toise.

– Euh... Je sais me battre avec un bâton, répond Mauro, un bâton pointu, hein !

– Je vois. Ici c'est différent. Ici on croise le fer ! Voyons ce que tu as dans le ventre, dit-il en lui lançant une épée que Mauro saisit sans peine.

Thérold engage l'échange en douceur. Le jeune Mortesagne s'exécute tant bien que mal par des gestes approximatifs, brouillons. Thérold accélère la cadence, et le désarme une première fois. Mauro n'a pas les rudiments mais il est malin, note le maître d'armes.

Willibert lui a souvent montré quelques coups faciles… Cette passe d'armes amuse l'ancien soldat.

Le maître engage alors sa fameuse marche. Il fonce sur le jeune homme en position de garde qui tente de suivre. Mauro glisse en arrière, ses coups sont désordonnés, il mouline, s'essouffle.

Dans la salle, seuls le métal des épées entrechoquées et leurs pas sur les parquets cirés résonnent.

Thérold se contente de lui montrer les coups, il reste calme et précis, comme à l'accoutumée.

Mauro réplique, pare chaque assaut sans perdre la face.

Willibert ne manque rien du spectacle. Il est fier de la riposte que son frère peut offrir. Il sent que son maître s'amuse de ce novice, qui ne se débrouille pas si mal. Quand Thérold le désarme d'une charge vive, Mauro perd l'équilibre.

– Ramasse, petit, et en garde !

Les coups parés, les coups subis, les coups perdus s'enchaînent de plus en plus vite.

Alors que Mauro sue à grosses gouttes, Thérold, lui, n'affiche pas la moindre suée. Son visage reste impassible. Sa voix grave porte son autorité. L'écho résonne et gronde sous les toits de la salle d'armes.

– Attention, attention, sur ta droite, recule... plus haut ton bras, Mauro, plus haut...

Le ton n'invite à aucune contestation.

Mauro s'excite comme un chien fou. Il se perd dans

l'agitation de ses pas, quand le maître mesure si bien les siens. Il a surtout la sensation d'avoir devant lui un bloc qu'il ne peut atteindre, il s'agace, veut y arriver, prend son élan et se jette sur Thérold qui une fois de plus le désarme. Mauro trébuche et se couche au sol sans résistance.

– Ça suffit pour aujourd'hui, c'est bon, mon garçon.

Il ôte son masque de protection, dévoilant un regard amusé.

– Il manque un peu de méthode, maître, ironise Willibert.

– C'est le moins qu'on puisse dire.

– Mais qu'en pensez-vous, à part ça ?

– Il a une fougue. Il faudra qu'il la dompte et qu'il l'éduque.

En même temps, Thérold tend la main à Mauro et le redresse.

– L'éducation, c'est votre affaire, non ? tente l'aîné des Mortesagne, l'air goguenard.

– Écoute, Willibert, je te l'ai dit tout à l'heure, je n'ai pas de place ici. Trop d'élèves. Tous d'anciens soldats qui ont besoin de pratiquer.

Le maître s'applique à ranger son épée sur le râtelier, faisant mine de passer à autre chose.

– Donnez-moi une chance, je vous promets d'être appliqué, le supplie alors Mauro. Quelques leçons seulement. Et si je ne parviens pas à progresser, vous me jetterez dehors !

Mauro sait être convaincant, surtout quand il découvre quelque chose de nouveau qui lui plaît.

Willibert s'en mêle et vient en renfort :

– Je m'occuperai de tout, maître. Je vous le jure. Je l'accompagnerai. Je vous paierai. Vous seul pouvez faire de ce jeune paysan un sieur que l'on respectera.

Respect. Le mot fait mouche dans la bouche de Willibert. C'est le juste argument pour le maître d'armes. Léon Thérold se retourne. Lui aussi, quand il a débuté, arrivé de sa ferme paternelle, avait attendu qu'on prononce ce mot. En vain.

– Ce n'est pas une question d'argent, Willibert, tu le sais bien, il s'agit seulement d'une question de temps qui nécessairement va me manquer.

– Une fois par semaine, serait-ce suffisant ?

– Non, ça ne suffirait pas.

Thérold lisse ses cheveux libérés du catogan, réfléchit, hésite.

– Le mieux serait de venir observer les cadets tous les jours et de s'entraîner avec eux.

Les visages de Willibert et Mauro s'éclairent.

– Mais au fait, tu ne m'as pas raconté pourquoi tu veux qu'il se forme à l'escrime ?

– Parce que je ne serai pas toujours près de lui pour le défendre. Il est temps que mon petit frère se débrouille seul. Le curé Noyès et moi sommes là, mais après, hein, après ?

À l'évocation du curé, le maître se redresse.

– Noyès, Noyès... tu veux dire le curé de Saint-Cyprien ?

– Lui-même. Vous le connaissez ?

– Un peu, oui. Il était aumônier militaire dans le bataillon de Guyenne-Gascogne quand j'étais officier. Il court toujours ?

– Plus que jamais ! Et même sur les toits ! plaisante Mauro.

– Alors, il n'a pas changé, lâche Thérold en secouant la tête... Sur les champs de bataille, déjà, il était souvent à l'assaut... des cantinières !

Le maître d'armes paraît soudain plus détendu.

– Et c'est lui qui vous envoie ?

– Non. Mais il pense, et je suis d'accord avec lui, que Mauro peut devenir un vrai gentilhomme, l'un des meilleurs de notre région. Mon père partage son jugement. Reste à convaincre le vicomte Possoles de Meynac.

– Bon, écoutez-moi, faisons ainsi : il vient chaque jour, il écoute, il regarde les autres, et s'entraîne avec le chef de compagnie des cadets. Moi, je le prendrai tous les samedis.

C'est ainsi que fut décidé que Mauro Mortesagne serait initié aux arts de l'épée par le maître Léon Thérold lui-même.

5

Quelques jours après cette présentation au maître d'armes, Mauro se décide à rendre visite au curé dans sa paroisse. Du sommet du clocher-donjon massif de l'église de Saint-Cyprien se dessinent le cœur du village, la Dordogne et, par temps clair, la ligne d'horizon. Le plus stratégique repaire d'observation.

Mauro pousse la grande et lourde porte ouvragée en bois faisant chanter les gonds rouillés.

– Bonjour m'sieur le curé...

Immédiatement, ses yeux sont happés par la douce clarté du ciel qui baigne les lieux. L'odeur d'encens finit de l'apaiser. Il avait presque oublié.

– Ça n'a pas beaucoup changé... C'est troublant quand le lieu est vide...

La voix du jeune homme résonne à travers la nef lumineuse.

– Bonjour Mauro, sois le bienvenu. Tu m'appelles monsieur le curé à nouveau, à la bonne heure !

– Bah, ici, ça s'impose, c'est un peu solennel.

Noyès finit d'éteindre les cierges et l'entraîne vers la sacristie.

– Si tu viens pour la messe, je te préviens, c'est un peu tard. La prochaine est ce soir. Et si tu veux être enfant de chœur, je crois bien que t'as passé l'âge, le taquine l'abbé, d'humeur joyeuse.

– C'est vrai, je ne suis plus un enfant de chœur... mais vous non plus, monsieur le curé, hein... Je vous ai vu jouer à l'alpiniste l'autre nuit sur les toits de la mère Thomas. Vous avez passé l'âge, vous aussi !

Il ricane et charrie l'abbé, non sans un certain plaisir. À ses mots, Noyès reste de marbre. Il ne se retourne même pas. Son silence signifie à Mauro qu'il n'a aucun compte à rendre à quiconque et surtout pas à lui.

– Dis donc, mon garçon, tu ne me ferais pas la morale par hasard ? Tu crois que ta Lison aimerait apprendre que tu renverses tout ce qui bouge dans les foins de la région ?

– Je m'en suis jamais caché, souligne Mauro d'un air détaché et déterminé.

– Et qui te dit que je me cache et que tout le monde n'est pas au courant ?

Noyès pénètre dans la sacristie pour remettre la nappe d'autel dans l'armoire. Ce gamin n'a pas sa langue dans sa poche. Ça l'arrange bien.

– Tu fais le fier, mais prends garde. Tu pourrais avoir des ennuis un de ces jours.

Tous ces sous-entendus piquent l'esprit de Mauro. Le curé en sait plus qu'il ne veut le laisser croire.

– Hier, Jean-Baptiste, tu sais, celui que tu as fracassé l'autre soir avec ton frère chez la mère Thomas, est venu ici à ma demande. J'avais entendu dire qu'il voulait te mettre un coup de fourche.

– Oh ! Tout ça pour une beigne et un coup de pied au cul ?

– Arrête de faire le coq, Mauro ! Tu vas te faire plumer.

L'abbé marque une pause et prend un malin plaisir à enrouler délicatement les poils de sa moustache entre son pouce et son index. Il cherche à pousser Mauro dans ses derniers retranchements. Mais le jeune homme résiste et ça lui plaît bien.

– Qu'est-ce que vous lui avez dit à Jean-Baptiste ?

– Qu'il n'aurait pas dû toucher à Lison. Qu'il fallait pas t'en vouloir et qu'un jour tu lui ferais, sans doute, tes excuses.

Les *r* de l'abbé roulent dans l'atmosphère solennelle de la sacristie.

– Sûrement pas. Vous êtes en train de me dire que vous m'avez sauvé la vie ? Décidément, entre vous et mon frère, je suis langé comme un nouveau-né. Mais j'ai pas besoin ! J'ai besoin de rien !

Noyès apprécie le culot du jeune homme. Tous les traits de sa charismatique personnalité se déploient sous ses yeux. Mauro est honnête, moral, droit, et peu avare de son corps. Exactement comme on le lui avait décrit. Il s'avère être le candidat idéal.

– Sauvé, je sais pas, mais je t'ai épargné un coup de bâton, sûrement.

Mauro fait machinalement le tour de la pièce en silence, pose ses yeux sur le bois d'acajou ajouré d'un petit bureau, le buvard bleui et l'encrier asséché. Il a du mal à imaginer le curé assis ici. Il a raison, il n'a jamais posé ses fesses sur le tabouret de son prédécesseur. Noyès préfère prêcher au grand air.

– Regarde-toi, Mauro. Tu pourrais être mieux fagoté. Tu traînes chez la mère Thomas pour payer ton loyer. Hier tu manques de te faire tuer. T'as même pas assez d'argent pour t'acheter une épée dont tu ne sais pas te servir. Ton frère ou moi, on sera pas toujours là, tu sais. Je t'offre une chance inespérée de devenir l'un des gentilshommes de la vicomté…

Deux fois déjà que l'abbé lui tient ce discours. Il veut en savoir plus. Un gentilhomme, pourquoi pas ? Qu'est-ce qui l'en empêche après tout ? Il n'est pas qu'un paysan, il sait lire, écrire, compter, et puis ce serait l'occasion de vivre autre chose, d'aller voir du pays. D'être ambitieux. Il ignorait jusqu'à ce jour qu'il pouvait l'être.

– Mouais. Je me méfie des hommes comme vous, lâche Mauro sans ménagement.

– Tu as raison. À ta place, je ferais pareil.

Noyès semble sincère. Mauro, beau joueur, baisse sa garde. Son regard s'arrête sur le Christ à la tête penchée. Lui aussi a l'air méfiant. Il en sourit.

– Alors, qu'est-ce que je dois faire d'après vous ?

– Assieds-toi, se réjouit l'abbé.

Noyès lui indique le tabouret posé devant lui.

– Nous allons faire un pacte tous les deux, murmure Noyès. Écoute bien. Tu as l'art de séduire, tu as la force. Tu auras la gloire. Moi je suis rusé et, comme tu l'as dit, j'ai une moralité qui varie. Je veux le pouvoir, l'argent et les femmes.

Les mots sonnent étrangement juste dans la sacristie. L'abbé a fait mouche. Les yeux de Mauro s'éclairent de malice. Une révélation presque... divine.

– Je veux bien tout, l'abbé, mais les femmes, on partage.

– On partagera les femmes, Mauro, entendu. Marché conclu alors ?

– Marché conclu !

Noyès saisit le calice à sa droite, boit une gorgée puis le tend à Mauro.

– Rassure-toi, c'est du bon, pas du vin de messe. Un cru spécial de ma réserve !

Le nectar séduit le jeune homme qui scelle ainsi le pacte secret.

– Bon, maintenant, c'est quoi au juste votre idée ?

Dans la maison de Dieu, à voix basse, Noyès dévoile

à Mauro pendant plus de deux heures ce qui l'attend, l'existence des soirées particulières chez le vicomte, leur déroulement, ceux qui seront là et pourquoi aucun ne racontera ce qu'il a vu. Et quel sera le rôle de Mauro ?

– Tu vas être leur mirebalais, confie l'abbé.

– Leur *quoi* ?

– Leur mirebalais. Laisse-moi t'en dire deux mots… Dans le Poitou, à Mirebeau, il y a une race d'ânes qui a pris le nom du village. On les appelle des mirebalais. Ce sont des ânes particulièrement robustes… valeureux… et qui peuvent saillir au quart de tour nuit et jour et pendant plusieurs heures, vois-tu ? Il existe des hommes qui ont ces mêmes capacités. Et tu sembles être comme cela !

Noyès lui fait un clin d'œil. Mauro reste sans voix.

– Dans certaines circonstances, comme des fêtes entre adultes, on fait appel à ces mirebalais pour subvenir au besoin charnel des femmes dont les prétendants présents, épuisés ou trop vieux, ne peuvent plus les transporter au paradis du plaisir. Comme le vicomte, par exemple ! Tu m'as compris ?

– Je crois bien.

– Et on les paie pour ça.

Mauro n'en croit pas ses oreilles. Si tout cela existe depuis si longtemps, pourquoi n'en a-t-il jamais rien su ? Un monde étranger au sien semble s'ouvrir à ses pieds. Tout cela l'intrigue.

Noyès poursuit :

– Après il y aura d'autres fêtes du même genre. À toi de faire ta réputation. Et tu deviendras indispensable à tous ces gens. Notamment au vicomte.

Mauro grimace.

– Eh oui, encore lui. Ça sera la première étape de ton ascension. Pour la suite, il faudra faire preuve de diplomatie, de subtile hypocrisie, et c'est là que j'interviendrai.

Mauro n'en doute pas un instant.

– Tu vois, mon garçon, ce projet, sans toi, je ne peux pas le bâtir, et sans moi, tu n'y aurais jamais pensé : on avance à deux.

– Ouais, bel attelage, l'abbé.

Mauro n'arrive plus à cacher son excitation désormais.

– On commence quand ? s'empresse-t-il de demander.

– Dans trois jours. Nous irons ensemble au castel du vicomte. D'ici là, pas un mot. Ce sera notre secret.

6

Trois jours plus tard, à l'heure où les chouettes s'apprêtent à chasser, d'autres sortes de rapaces moins solitaires parcourent les vertes campagnes de Dordogne. Leurs voitures, rideaux fermés, s'engagent sur les chemins vicinaux et convergent toutes vers le castel des Possoles de Meynac. Il est presque huit heures, le jour tant attendu est arrivé.

L'abbé Noyès, à bord d'un fiacre, descend, suivi de Mauro qu'il conduit discrètement à la porte des cuisines à l'arrière du castel pour le confier à un majordome.

– Nous y sommes, c'est dans cette noble demeure que l'on doit rendre un petit hommage…

Mauro tourne la tête vers l'abbé.

– Un hommage à qui ?

Noyès rappelle à Mauro le cérémonial des soupers libertins du Régent.

– Mais le Régent, ça fait des siècles qu'il est mort, non ? ironise le jeune homme.

– Oui, presque, sourit l'abbé, et c'est pour ça qu'une fois par trimestre au moins, on célèbre sa mémoire… à notre façon !

Mauro comprend l'autre sens du mot « hommage ».

– Tiens ! Voilà le vieux Matty, le majordome du vicomte. Peu aimable à première vue, mais c'est une façade, il est fidèle et surtout discret. Fais ce qu'il te demande. Je te retrouve plus tard.

Noyès s'éloigne et contourne la bâtisse pour entrer par le perron d'honneur.

Mauro suit docilement Matty jusqu'à une chambre du premier étage. Il ne peut s'empêcher de s'attarder, un peu impressionné, sur chaque tenture de soie, chaque meuble d'ébéniste ou chaque tableau, des portraits pour la plupart. Certainement des aïeux du vicomte. Assez laids et pour le moins bigleux au vu des lorgnons au bout de leurs nez.

Dans la chambre, d'autres hommes, tous jeunes et bien faits de leur personne, patientent en silence. Une dizaine, tout au plus. La consigne est simple : aucun commentaire, on répond aux questions sans en poser. Des vêtements sont disposés sur des portemanteaux : gilets sans manche en cuir marron, hauts-de-chausses, culottes à pont fermées par un simple lacet. Au sol, des mi-bottes en veau souple de différentes tailles, prêtes à être enfilées. Et au mur, sur des patères suspendues, plusieurs loups de velours noir, à porter plus tard. Deux servantes sont postées là, qui font office d'habilleuses.

Dans une petite pièce adjacente, dans l'embrasure, une femme au teint frais, nue sous sa robe transparente, observe par la fenêtre l'arrivée des invités. À sa vue, le vieux Matty ferme rapidement la porte devant la curiosité de ces messieurs impatients. Il leur demande de se déshabiller entièrement et de déposer leurs vêtements dans des panières à leur nom.

Les servantes s'activent pour trouver la bonne taille à chacun. Elles savent ne rien craindre de ces jeunes gens désormais nus. Toutes ont été choisies pour leur âge respectable. Néanmoins, elles conservent une parfaite mémoire, et lorsqu'elles découvrent l'imposant volume de l'entrejambe de Mauro, elles ne peuvent que soulever leurs sourcils en signe d'admiration et peut-être même d'excellents souvenirs.

Ce soir, l'habillement dure plus longtemps que prévu, les servantes se pressent pour exécuter les dernières retouches, notamment des culottes à pont. Il s'agit de pouvoir les ouvrir facilement et vite.

Mauro, presque vêtu, s'approche de la fenêtre.

Là, comme le lui avait ordonné l'abbé, il examine l'arrivée des membres de la noblesse locale, vêtus de riches parures, à l'assemblée desquels le vicomte a pris soin d'ajouter des bourgeois nantis, tissutiers et autres négociants en vin, triés sur le volet. Mauro reconnaît même certains d'entre eux. Il distingue l'abbé Noyès, plus mondain que jamais, au milieu de cette assemblée.

Tous semblent plaisanter, se connaître, et pour cause. Ils se retrouvent ici tous les trimestres et se croisent le reste du temps dans la vicomté. Tous, les uns les autres, sont unis par les privilèges qu'ils s'octroient et les services qu'ils s'échangent. Tous ont intérêt à garder secrètes ces soirées privées et fastueuses au cours desquelles le vicomte constitue son réseau d'obligés, à l'imitation des soupers fins de feu le Régent qui en fut l'initiateur.

Pour l'heure, dans le petit salon, les convives se gargarisent des derniers commérages locaux à coups de vin de Sauternes. Les femmes, emplumées et maquillées, ont sorti leurs plus belles toilettes, comme ces gitanes du voyage. Il faut bien, pour détourner le regard de ces corps bien trop arrondis, quelques artifices.

Madame la vicomtesse demeure gracieuse, dans une robe en velours de panne sobre et de bon ton, couleur parme, qui, bien qu'elle la couvre jusqu'au cou, laisse deviner une poitrine de jeune nourrice. Ces messieurs, eux, n'ont que faire de leur embonpoint. C'est à cela qu'on mesure la richesse de leurs repas. Autrement dit, de leur richesse tout court.

Dans la salle à manger, les serviteurs se pressent d'apporter les derniers plats. La vicomtesse aime suivre les recommandations en cours à Paris et à Versailles. Elle lit et relit les *Règles de la bienséance et de la civilité chrétienne* pour recevoir comme il se doit. Un faux pas, une faute de goût la blesseraient. Elle est si fière de sa vaisselle en faïence du Limousin voisin, grâce au kaolin, une des richesses exploitées par un cousin de sa famille.

Le vicomte, lui, se plaît à entretenir sa réputation par le menu. Rien n'est trop beau pour ces sieurs et ces dames invités. Huîtres venues d'Arcachon, beurre salé de Carême, asperges des Glénans, et melon de la baie du Morbihan terminent de colorer les nappes blanches en coutil avec potages, rôtis, et surtout le célèbre baba au rhum de Nicolas Stohrer, le pâtissier de la reine, une fantastique brioche parfumée au safran, truffée de raisins frais et de raisins de Corinthe servie sur un lit de crème.

Neuf coups sonnent à l'horloge.

– Monsieur le vicomte est servi, annonce le maître d'hôtel.

On passe à table. On sourit. On ne tarde pas à s'esclaffer. On dévore avec plus ou moins d'élégance.

Pendant ce temps, à l'étage, on achève de vêtir la troupe de mirebalais.

En se regardant, les uns les autres, accoutrés de la sorte, ils ont l'impression de ressembler à des bourreaux. Eux aussi portaient un masque après tout. Certains mirebalais se laissent aller à quelques pitreries. Mauro n'est pas en reste. Il attrape un bas pour en faire une cagoule et l'enfile sur la tête de son voisin.

– J'ai pas de hache, mais avec ça, ça fera l'affaire.

Il lance un balai à son comparse.

Et la troupe éclate de rire.

L'ambiance est joyeuse, les esprits commencent à s'échauffer. On s'impatiente.

Matty, le majordome, calme son monde.

– Ça va, ça va, on arrête, taisez-vous, on va vous entendre en bas ! Les cinq qui sont prêts, là, descendez en cuisine ! En silence ! Vous autres, dépêchez-vous !

Mauro et ses camarades quittent la pièce avec leurs costumes ajustés qui laissent deviner leur virilité saillante. Les lacets de cuir soulignent leur musculature, tandis que leurs loups dessinent un regard vorace.

Nos cinq premiers mirebalais se placent à l'office. Au menu : bouillon, brouillade d'œufs et gâteau de semoule. Pas d'alcool, pour préserver leur virilité. Leur service exige précision et doigté.

Les derniers mirebalais habillés les rejoignent.

Matty garde l'œil rivé sur l'horloge. En bon maître de ballet, il veille à chaque détail. Ce soir, tout est parfait. Ses mirebalais sont prêts à faire leur entrée en scène.

À la table de la grande salle, le volume sonore a doublé. Le nombre de bouteilles servies aussi. Ceci explique cela. Certains invités vacillent déjà et couvrent leurs voisines de baisers dans le cou. Personne ne trouve à y redire. Ces bacchanales offrent aux couples de s'abandonner aux yeux de tous le temps d'une soirée. Ces rites sexuels sont bien compris, un libertinage autorisé par les maris. Ce soir, honneur aux dames !

Alors qu'il ne reste que des miettes du légendaire baba au rhum, les premiers convives quittent la table, les yeux embués, les figures colorées par la chaleur et le vin. La sueur a fait couler les maquillages poudrés vers les bouches où apparaissent des traces du repas que les serviettes n'ont pas pu effacer, faute d'avoir été utilisées. Peu importe les visages, chacun couvre le sien d'un masque ou d'un loup, l'heure est venue d'ouvrir… le bal.

Si Madame la vicomtesse s'éclipse pour regagner ses appartements privés, accompagnée de deux servantes, les invités, eux, se répartissent dans les pièces d'apparat du rez-de-chaussée, où sont disposées de petites tables rondes couvertes de bouteilles d'armagnac et de cognac. Installés derrière de multiples paravents, banquettes, canapés et ottomanes n'attendent que les fessiers des invités. Le ballet des bouches déjà pressées bat son plein. Les bougies se font plus rares. Les couples se forment, aucun n'est légitime... « Que la fête commence ![1] »

À la sortie des cuisines, dans un recoin, s'installe la divine créature à la robe transparente que les mirebalais ont brièvement aperçue à leur arrivée. Lentement, méthodiquement, elle prépare ces jeunes gens au travail qui les attend.

Mauro passe le premier.

Dans la semi-pénombre de deux chandeliers posés sur une cheminée et une assise de fortunes, la demoiselle se présente nue. Mauro s'approche, la prend dans ses bras, veut l'embrasser, mais son masque l'en empêche. Elle le rejette d'un seul signe de tête. Il n'entend pas le son de sa voix. Ses mains agiles et douces, sa bouche gourmande réveillent ses sens et son désir d'une chevauchée fantastique. Mais ce n'est ni le moment ni la bonne personne, comprend-il. Une fois « prêt », un valet l'invite à libérer la place. Il s'exécute, suit un couloir où il aperçoit des corps qui s'entrelacent.

L'un après l'autre, il en est ainsi pour tous les mirebalais. Les soins de l'experte reçus, les jeunes garçons sont discrètement installés par Matty aux embrasures des cinq portes donnant sur les salons. Seul Matty connaît

1. Film de Bertrand Tavernier où apparaissent pour la première fois au cinéma les mirebalais.

leur position et peut faire appel à eux, pour les conduire à celles qu'il faudra combler.

En réalité, les accouplements ne durent qu'un instant. Ces messieurs avinés, fatigués par un acte qu'ils ont eu peine à accomplir, déclarent forfait et regagnent tranquillement un autre salon où ils somnolent en paix. L'épouse légitime ainsi délaissée, qui n'a pu satisfaire son plaisir, interpelle, d'un geste discret, Matty qui fait alors entrer en piste un mirebalais prêt à honorer la dame.

De l'escalier descend une jeune élégante. Elle arrive bien après les débuts de la fête. Elle porte un loup noir prolongé d'une voilette de dentelle. Elle s'allonge sur un large et confortable lit installé derrière un paravent et pointe de l'index un mirebalais à Matty. Elle ne le désigne pas par hasard, Matty attendait son geste pour ordonner à Mauro de filer la rejoindre.

Madame la vicomtesse est ravie de reconnaître le jeune Mortesagne sous son loup.

Aléïde a changé de robe et de coiffure. Elle est méconnaissable. Mauro s'approche près de l'élégante sans mot dire et l'enserre de ses bras puissants brunis par le soleil des champs.

Après quelques baisers délicats bien placés, il défait le lacet qui libère son ardeur déjà vive, puis lui ôte sa robe faite pour ne pas résister.

Cela ne lui semble pas un travail.

Le corps mûr de cette femme lui plaît, il en prend possession, et commence à lui donner, sur un rythme lent mais régulier, le plaisir qu'elle supplie en silence.

Voilà des mois et des mois qu'Aléïde n'a pas connu pareille sensation, le vieux vicomte se limitant à des attouchements imprécis tout en exigeant qu'elle s'occupe de ses érections improbables.

L'étreinte est longue. Douce, profonde.

Aléïde se libère d'une jouissance sans pudeur.

Un vertige l'emporte, faisant chavirer sa tête de droite à gauche, de gauche à droite. Mauro glisse sa main dans le creux de ses reins et de l'autre saisit son sein ferme.

Il prend appui avec ses jambes sur les barreaux du lit en cuivre, qui lui offre une force supplémentaire à chaque coup de bassin.

Le jeune homme, malgré son âge, démontre une expérience certaine.

Aléïde ne s'était pas trompée quand elle l'a aperçu la première fois lors des récoltes du foin. Pour l'heure, elle tremble. Son souffle est court et sa jouissance toujours intense.

Mauro meurt d'envie de l'embrasser, mais la belle tourne la tête et, d'un geste malheureux, fait tomber son masque, dévoilant subrepticement son visage. Il la reconnaît aussitôt, tente un mot, mais d'un doigt sur ses lèvres, Madame la vicomtesse l'arrête.

– Non, non, taisez-vous, embrassez-moi !

Le baiser se prolonge. Délicatement Mauro ajuste le masque sur son visage. Le bonheur a parfois ce goût suave et amer. Elle est heureuse. Charnellement comblée.

Après quelques instants de douceur, elle l'invite à poursuivre sa chevauchée auprès des autres convives. Il serait fâcheux d'attirer l'attention en s'attardant à quelques tendresses.

Le jeune homme veut parler.

Elle pose son doigt à nouveau sur ses lèvres.

Il en profite pour baiser goulûment son doigt, sa main, jusqu'à son poignet. La belle frissonne. Elle le repousse sans grande conviction.

– Allez !...

Mauro se lève enfin, revêt son pantalon, s'éloigne à reculons, ses yeux clairs dans ceux d'Aléïde.

Quelle beauté, songe-t-il à cet instant.

L'extase sonore d'Aléïde a alerté ses voisines qui ne manquent pas d'apercevoir un membre volumineux, encore écarlate, difficile à dissimuler. Chacune tente de repérer l'auteur de l'exploit. Mauro prend soin de cacher sa partenaire avec le paravent pour la préserver des indiscrétions des curieuses.

Autant de prévenance achève de séduire Aléïde.

Mauro s'en va poursuivre sa mission, l'esprit habité par tant de charmes insoupçonnés. Deux autres épouses lui font signe. Elles le réclament à leur tour.

Le jeune étalon semble déjà entretenir une petite cour, et conserve une incroyable vigueur. À son âge, tout est possible. Le manège libertin se poursuit dans un tourbillon de corps entrecroisés. Cette lubrique soirée se prolonge jusqu'à l'aube. Certains couples quittent les lieux peu avant la levée du jour, de peur que l'on ne découvre avec qui ils ont chevauché cette nuit. Dans l'obscurité, tout est permis. Il faut croire que le soleil préfère la bienséance.

Au petit matin, cette assemblée mondaine s'est retirée du castel à l'exception de quelques retardataires épuisés par les assauts répétés. Comme entendu, l'abbé Noyès, pleinement satisfait de sa soirée, attend Mauro à l'entrée de la propriété. Ils sont rejoints par Willibert qui avait promis à son jeune frère de ne pas le laisser seul dans une aventure dont il ignorait tout. Son petit frère a les traits tirés.

– Ah, les nuits de Gascogne, s'écrie Noyès, c'est imprévisible !

– Sauf pour vous, ironise Mauro, dans un dernier élan.

Tout le monde s'esclaffe dans les lueurs du petit matin. Épuisés mais heureux.

Sur le perron, à la grande surprise de tous, la porte

du castel s'ouvre sur maître Thérold, accompagné de Matty qui le suit en retrait.

Thérold est venu confirmer son rendez-vous avec le vicomte.

– Merci de vous être déplacé si tôt, maître, le remercie Matty. Monsieur le vicomte vous attend donc après-demain. Je veillerai à ce qu'il soit à l'heure.

Matty s'incline et ferme la porte du castel.

Thérold rejoint Noyès et les Mortesagne.

– Vous l'entraînez aussi ? s'enquiert Mauro, perfide.

– Oui. Enfin, j'essaie... répond Thérold. Et vous ? Bonne soirée ?

– Oui... tranquille...

Tous sourient.

Les quatre hommes s'éloignent, traversant la grande allée du castel. Noyès retrouve avec plaisir son vieux compagnon le maître d'armes, aussi ravi que lui. Il lui adresse une tape chaleureuse sur l'épaule et lui rappelle quelques vieux souvenirs communs.

Au loin, derrière la fenêtre du castel, à l'étage, légèrement en retrait, Madame la vicomtesse, Aléïde Possoles de Meynac, assiste, attendrie, au départ de son vainqueur. Elle le reverra. Elle le sait désormais.

7

La nuit a été courte pour tout le monde.

En fin de matinée, le vicomte, mal réveillé, l'air hirsute, plus que jamais appuyé sur sa canne, se rend dans la chambre de son épouse.

– Bonjour ma chère, comment allez-vous ?

– Bien... très bien même.

La vicomtesse, chemise de nuit de soie fine, le visage épuré de tout maquillage, brosse ses longs cheveux face au miroir de sa coiffeuse. Derrière elle, les grandes fenêtres s'ouvrent sur les alignements réguliers et rassurants des vignes, d'où un vent sec vient fraîchir la chambre.

– Je m'en vais rendre visite à une femme de la paroisse : la pauvre a perdu un enfant. J'avais promis de passer les voir. Les Domart. Ils nous fournissent les bougies, vous vous souvenez ?

Le vicomte fait mine de chercher, mais n'est pas dupe de cette conversation volontairement anodine.

– Non... non... je ne vois pas, mais faites, faites. Dites, ma douce, quelle soirée, non ?

Aléïde reste muette.

Jamais ils n'abordent la chose, encore moins les lendemains de fête. Nul ne commente, c'est une convention conjugale, d'où l'étonnement d'Aléïde devant l'entêtement de son mari.

– Oui... très agréable, élude-t-elle sans rien ajouter.

Le vicomte, qui en attend plus, n'ose pourtant pas insister, et se limite à la complimenter :

– En tout cas, cela vous réussit, vous êtes resplendissante ce matin.

Aléïde s'examine dans son miroir. Pour une fois, son vieil époux a raison.

– Savez-vous avec qui j'ai parlé hier à table ? Avec Hortense. Mais si, Hortense de Champbrun ! Elle portait des diamants éblouissants aux oreilles. Eh bien, figurez-vous que sa belle-sœur, Marthe, est désormais à Versailles au service de Jeanne Poisson.

– De qui ?

– La Poisson ! La Pompadour, quoi ! La favorite du roi. Il paraît que là-bas, c'est bal tous les soirs, au milieu de la cour, tout près du roi. Vous seriez parfaitement à votre place à Versailles, s'exclame-t-il, les bras en l'air, singeant une danse bien à lui.

Le vicomte est décidément de bonne humeur ce matin.

– Vous n'y pensez pas. Qu'irais-je faire à Versailles ?

Et maintenant, mon ami, demandez à Marie de venir m'habiller.

– Je vous laisse. Noyès doit me rejoindre ici avant le déjeuner pour parler des travaux de son presbytère.

Aléïde s'étonne.

– Noyès ? Si vous voulez racheter votre âme, dépêchez-vous, son prix est à la baisse.

– Et en plus, ma chère, vous avez de l'humour... Je vous le dis, c'est Versailles qu'il vous faut.

Hervé Possoles de Meynac ne cache pas son humeur guillerette ni son embonpoint. Il n'arrive même plus à nouer sa robe de chambre et tente tant bien que mal de redonner forme à ce visage qui affronte avec difficulté ces soirées trop longues pour son âge avancé. Il s'est même endormi avant Madame la vicomtesse !

Évidemment, Hervé Possoles de Meynac ne souhaite pas plus parler de presbytère avec l'abbé Noyès que sa femme n'a envie de devenir mère supérieure chez les bénédictines. Et si l'abbé Noyès se doute du sujet de la convocation, il a lui-même une idée en tête.

– Bonjour l'abbé et bravo, belle soirée, parfaitement organisée, comme d'habitude. Je n'ai eu que des compliments.

Noyès accepte les remerciements sans se faire prier.

– Aléïde vient de sortir. Si vous aviez vu cette beauté ! Un charme... Le vieux Matty m'a tout raconté.

Votre petit protégé a brillé, mais où l'avez-vous trouvé ce... Tauro ?

– Tauro, non, pas tout à fait. Mauro. Il s'appelle Mauro, monsieur le vicomte. Quoique taureau lui convienne aussi. Je l'ai trouvé pas bien loin. Ici. Chez vous...

– C'est un de nos garçons de ferme ? Si cela venait à se savoir...

Le vicomte manque de s'étouffer de rire à cette idée.

– Oui, c'est un jeune paysan prometteur en tout point. C'est le fils cadet du père Mortesagne.

– Mortesagne ? Ah oui, un de mes métayers.

– Oui, c'est ça, monsieur le vicomte.

– Bon, en tout cas, il faut le garder, celui-là ! Ses admiratrices ont été nombreuses hier soir, dont une, qui, paraît-il...

Il s'approche de l'oreille du curé et lui chuchote quelques mots que la morale réprouve, mais que l'église goûte avec gourmandise.

Le vicomte n'en finit pas de glousser et crache involontairement un morceau du biscuit qui accompagne son petit verre de cognac.

– Il doit avoir des dons que nous n'avons plus, l'abbé... Enfin, je parle pour moi. Vous, vous, on sait bien que « le cierge » est solide.

L'abbé ne cache pas sa confusion.

Les exploits de Mauro n'ont pas satisfait que les

femmes, leurs maris aussi, heureux d'être débarrassés de ce qui reste pour la plupart une corvée. Le vicomte et ses amis passent plus de temps assis à une table de jeu que dans leurs lits auprès de leurs épouses. Tous se retrouvent dans des tripots pour s'adonner à ce qui est devenu en France la distraction partagée par toutes les couches de la société, le jeu.

– Comment aider ce jeune homme pour s'assurer de sa présence ? A-t-il un métier ? Sait-il lire ? Voire écrire peut-être ?

– Oui, Monsieur le vicomte. Il sait lire et écrire. Son esprit est aussi agile que son corps. J'ai conseillé à son frère de l'envoyer chez votre maître d'armes pour lui dispenser les premiers rudiments à l'épée. Il a également des dispositions pour les chiffres. Pensez-vous que Georges, votre intendant du domaine, pourrait lui enseigner la comptabilité ?

– Bonne idée, Noyès, bonne idée ! Voilà de quoi le garder chez nous. Il va gagner son pain en apprenant un métier d'avenir, tout en divertissant à l'occasion ma femme. J'en parle à Georges, vous irez lui présenter... euh... comment déjà ?

– Mauro, monsieur le vicomte, Mauro, M-A-U-R-O.

Durant les semaines qui suivent, Mauro n'a pas d'autre tâche que de découvrir sa charge nouvelle auprès de celui que tous appellent affectueusement par son seul prénom. Georges est comblé, enfin, à son âge, de pouvoir transmettre la science des chiffres, mais aussi son sens de la gestion d'un aussi vaste domaine à ce jeune esprit attentif et respectueux, que le vicomte lui a chaudement recommandé.

Bientôt, ses livres de comptes n'ont plus aucun secret pour Mauro. Les rendements de chaque parcelle et le prix de vente du blé y figurent, de même que les crédits accordés aux relations de Monsieur le vicomte. Dans le registre consacré aux salaires des intendants adjoints de Georges, Mauro y a même lu son propre nom. Quel parcours depuis les champs ! Quelle fierté pour son père, son frère Willibert, et son « associé » l'abbé Noyès. Ses nouvelles obligations comptables, ses travaux au domaine et ses chevauchées nocturnes ne lui laissent guère de temps pour converser avec l'abbé. Il se l'avoue, la chose lui manque. Il est vrai que son devoir de mirebalais l'astreint bien plus que l'abbé le lui avait annoncé. L'insatiable vicomtesse le convoque à chaque absence de son mari, pendant ses tournées des foires régionales. Tout comme Hortense de Champbrun ou encore la marquise de la Roche-Mazière. Sans oublier sa Lison. Le jour où elle a vu Mauro vêtu comme un « monsieur de la ville », portant une splendide cape de velours sur les épaules, des bottes en cuir de Cordoue, elle n'a pas douté un instant qu'il s'agissait de présents offerts par les femmes de son « harem ». Elle l'a simplement trouvé magnifique, l'a serré fort dans ses bras jusqu'à l'étouffer en lui murmurant :

– Je peux encore t'appeler Mauro, dis-moi ?

L'intendant adjoint du domaine Possoles de Meynac a senti alors toute la tristesse dissimulée dans les mots de sa bien-aimée.

L'abbé, de son côté, n'y tenant plus, a décidé de le surprendre un lundi matin à l'auberge de la mère Thomas. Il était temps de faire un bilan de ces six derniers mois pour évoquer les plans de leur avenir commun…

– Montez pas, malheureux ! s'est exclamé la tenancière en le voyant débarquer à l'improviste.

– Pourquoi ? Il est... occupé ? grimace l'abbé.

– Pas du tout, au contraire, ça fait presque vingt-quatre heures qu'il dort. Faut pas le déranger, il est épuisé. Vous savez, la comptabilité, ça occupe... taquine-t-elle. Noyès en sourit de bon cœur. Pourtant, à l'étage, l'abbé n'aurait trouvé qu'un lit désespérément vide.

Au même moment, à quelques lieues du castel, Guillaume Levry de Méricourt, le riche propriétaire des carrières de pierre de Mauzens, entame une journée de chasse avec son ami le comte Aubri de Vuillet dans la forêt de la Bessède. Ces deux amis de longue date, notables régionaux, ont fait de riches mariages, leur permettant d'éviter l'idée de travailler. Ils ont prévu de déjeuner au relais près de l'étang et chevauchent depuis une bonne heure. Brusquement, l'un d'eux arrête sa monture.

– Regarde, Aubri, là-bas, de l'autre côté du sentier, y a un carrosse à l'arrêt. Qu'est-ce qu'il peut bien faire là ?

– Attends, ne bouge pas, on dirait... on dirait qu'il ressemble au mien !

Les deux hommes mettent pied à terre, attachent leurs chevaux à un arbre et avancent en évitant d'être vus. Ils se cachent à quelques pas du carrosse, au centre des buissons. Ils tentent d'apercevoir si les rideaux sont tirés pour s'approcher un peu plus près.

– Non, ne bouge pas, Guillaume, chuchote Aubri, on pourrait se faire prendre. Mais qui a bien pu conduire mon carrosse jusqu'ici. Et pourquoi ?

– Tu es sûr que c'est le tien ? demande Guillaume.

– Certain, je n'ai que celui-là, s'agace Aubri.

– Regarde... ça bouge !

D'un mouvement assez vif, le carrosse tangue de droite à gauche. On entend des voix qui s'en échappent, de petites plaintes sourdes. Difficile d'en savoir davantage à cette distance.

Les deux hommes restent interdits face à cette étrange situation.

Ils aperçoivent un peu plus loin le cocher qui somnole assis contre un arbre. Les soubresauts du carrosse cessent. Un homme en descend. Il est de dos. Il ferme la porte et baise la main tendue d'une femme par la fenêtre. Son chapeau remis en place, il saute sur son cheval et part au galop.

– Je le connais, s'exclame Guillaume. Il est au service du vicomte. C'est un des comptables. Il s'en sert comme mirebalais pour nos soirées festives.

– Suis-le, ordonne Aubri, moi je vais m'assurer que cette femme n'est pas celle qui a l'habitude de voyager dans mon lit.

– Tu penses à Bérengère ?

– Oui, je crains de trop comprendre ce que l'on vient de découvrir. Mordiou, lâche le comte, furieux, un mirebalais, c'est un âne qu'on paie pour distraire nos femmes, pas pour qu'il nous fasse cocus !

Guillaume Levry de Méricourt n'envisage pas un seul instant que ce « nous » puisse le concerner. Et pourtant, de cocu il en est un aussi. Il se lance à la poursuite de Mauro qui n'a rien vu de la présence des deux gentilshommes.

Le comte de Vuillet s'approche de son carrosse, ouvre la porte brutalement et tombe en arrêt devant sa femme dénudée qui se met à hurler.

Le cocher arrive en courant, embarrassé :

– J'savais pas, monsieur le comte, j'savais pas où on allait, j'vous jure. On s'est arrêté ici et un homme s'est approché.

Aubri de Vuillet tire son pistolet de sa ceinture et abat son cocher d'un tir en pleine tête. Il mettra cela sur le compte de Mauro, le fuyard.

8

Dans la forêt de la Bessède, Guillaume Levry de Méricourt garde la monture de Mauro en ligne de mire. À l'écart de la route, il chevauche entre les arbres feuillus à l'abri des regards. Mais au bout de trente minutes, les chevaux renâclent, l'allure a ralenti. Guillaume n'a plus aucun doute, l'homme devant lui se dirige droit vers le castel de son ami le vicomte Hervé Possoles de Meynac. Il lui laisse le temps nécessaire pour y arriver et se présente quelques minutes plus tard à l'entrée des visiteurs. Dans le hall, une des servantes s'affaire à genoux sur les carrelages de grès. Il demande si elle n'a pas vu un grand gaillard vêtu d'une cape.

– Qui ça ? Mauro ? lance la jeune fille, relevant sa mèche de son front en sueur.

– Comment dites-vous ?

– Mauro, un des intendants, c'est lui que vous cherchez ? Il doit être là-bas près des cuisines. C'est tout droit, indique-t-elle, sans plus d'attention.

Le vieux Matty, toujours aux aguets, ayant reconnu le propriétaire des carrières des Mauzens, accourt vers lui.

– Monsieur Levry de Méricourt, que nous vaut votre charmante visite ?

– Je viens voir Georges, votre intendant.

Guillaume Levry de Méricourt semble pressé d'en finir. Matty, l'œil matois, l'interrompt :

– Ah... mais... vous êtes en compte ?

– Oui, en quelque sorte.

– Georges est en ville, mais son adjoint vient d'arriver. C'est Mauro Mortesagne. Je lui dis de venir vous voir si vous le souhaitez.

Levry de Méricourt marque un temps d'arrêt, se retourne vers Matty, et lâche, imperturbable :

– Merci, Matty. En effet, j'ai déjà entendu parler de lui, il fera très bien l'affaire.

Quelques instants plus tard, Mauro Mortesagne s'avance à vive allure, d'un pas assuré. Guillaume le reconnaît sans peine.

– Bienvenue, monsieur. Vous voulez me voir. Que puis-je faire pour vous ?

– Je voudrais vous entretenir d'une affaire personnelle et urgente, monsieur Mortesagne. Y a-t-il un endroit où nous pourrions converser ?

Mauro fronce les sourcils. Cet homme jeune, débordant d'énergie, séducteur malgré lui, ne lui revient pas.

Il lui indique pourtant le petit salon de réception. Mauro referme la lourde porte derrière eux.

– Je vous en prie. Veuillez vous asseoir.

– Merci, je préfère rester debout, je n'en ai pas pour longtemps. Mon nom est Guillaume Levry de Méricourt. J'étais dans la forêt de la Bessède tout à l'heure et je vous ai vu descendre du carrosse de Bérengère de Vuillet.

Mauro comprend au ton sec et au sujet abordé qu'il ne s'agit pas d'une visite de courtoisie.

– Ah oui ? En quoi cela vous concerne-t-il, cher monsieur ?

– J'étais en compagnie de son époux, mon ami le comte de Vuillet. Votre relation ne faisant point de doute, le comte m'a chargé de vous en demander réparation sur-le-champ.

Le ton de l'homme est solennel. Mauro, embarrassé, baisse les yeux.

– Monsieur... Levry de Méricourt, il s'agissait d'un rendez-vous... amical et impromptu, bégaie-t-il.

– Impromptu ? En pleine forêt ? Enfermé dans un carrosse ? Nous t'avons vu donner un baiser à la comtesse à moitié nue. Ne me prends pas pour un sot, mon garçon, l'arrête Guillaume, déjà prêt à tirer son épée de son fourreau, sinon tu vas le regretter. Pour laver son honneur, le comte de Vuillet te défie en duel, bien que ta condition de paysan pourrait l'en dispenser, mais c'est son choix. Demain, sois à six heures dans la forêt de la Bessède. Rendez-vous à l'endroit même où tu as accompli ton forfait. Trouve-toi un témoin. Je serai celui du comte. Duel à l'épée jusqu'au premier sang.

Son message passé, Guillaume Levry de Méricourt tourne les talons et quitte le castel au plus vite sans laisser le temps à Mauro de répliquer. Celui-ci encaisse la menace sans sourciller.

Quand Guillaume de Méricourt retrouve son vieil ami chez lui, assis, la tête entre les mains, il tente de le rassurer. Aubri de Vuillet ne fera qu'une bouchée de ce paysan prétentieux, il en est persuadé. Comment peut-il en être autrement, lui qui a combattu à la tête des meilleures troupes ? Ce Mauro ne fera pas le poids, même si sa jeunesse plaide en sa faveur, ce n'est qu'un paysan qui ne sait pas se battre. Le duel reste la meilleure solution pour se débarrasser au plus vite de ce gêneur.

– Une fois mort, que dira-t-on officiellement ? s'inquiète le comte, tourmenté, incapable d'oublier ce qu'il a vu et surtout fait dans la forêt.

– On dira que tu as été agressé, dans ton carrosse, par ce Mauro, qui en voulait à ton argent et qui a même tué ton cocher. Qui peut contester une telle version, à part Bérengère qui n'a aucun intérêt à avouer qu'elle fréquentait ce manant ?

– Crois-tu ?

– Évidemment !

Le lendemain, à l'aube, Mauro, accompagné de son maître d'armes, arrive le premier dans la forêt de la Bessède. La brume enveloppe encore les chênes centenaires dont on distingue à peine les hautes branches. Aucun bruit. Mauro entend seulement les cris d'un épervier qui tournoie au-dessus d'eux, sans doute en quête d'une proie sur laquelle s'abattre. Des feuilles, des branches craquent dans les sous-bois. Mauro frissonne. La fraîcheur des sous-bois contraste avec la chaleur de leur chevauchée.

Pendant que Mauro attache son cheval à un arbre, maître Thérold examine déjà le terrain pour mettre Mauro dans la situation la plus favorable.

– Votre position sera tirée au sort. Mais place-toi toujours le dos au soleil. C'est ton adversaire qui doit être gêné par le soleil, pas toi !

Tout à coup surgit au grand galop le comte Aubri de Vuillet, flanqué de son témoin et ami Levry de Méricourt.

Les deux hommes ont placé les armoiries de leurs familles respectives sur la tête de leurs montures, fiers de leurs lignées. Ils comptent bien ne faire qu'une bouchée de ce vaurien. Bien droits sur leurs destriers, pressés d'en découdre, ils s'arrêtent aux pieds de Mauro et Thérold. Mauro n'y attache aucune importance, garde son sang-froid, pourtant bien pressé d'en finir et de mettre en pratique les indispensables conseils de son maître d'armes. Il lève la tête. Une trouée vers le ciel bleu et lumineux le réconforte. L'épervier a quitté les lieux.

Quand le comte découvre que son ancien maître d'armes, Léon Thérold, est le témoin du manant, il ne le salue même pas.

Les deux opposants tirent au sort. Le comte prend position dos au soleil. Une ombre voile le visage de Thérold.

Mauro et le comte s'installent face à face, Guillaume et Léon se tiennent, eux, derrière à cinq pas.

– En garde, messieurs ! lance Levry de Méricourt. Allez !

Le comte, confiant, garde les jambes fléchies, prêt à en découdre. Plus rapide, plus agile aussi, Mauro avance, tourne autour du comte, se déplace avec vélocité, se met dos au soleil et porte sa première attaque à hauteur du visage de son noble adversaire. Le comte, qui n'a rien vu venir, se ressaisit.

Les échanges sont vifs. Le jeune Mortesagne garde ses distances. Il se méfie d'un combat trop rapproché. Il pare chaque attaque du comte, l'obligeant à reculer parfois de plusieurs pas. Mauro prend son temps avant de contre-attaquer. Il fait un pas à droite, puis un pas à gauche avant de dresser son épée et de la diriger vers son adversaire. À plusieurs reprises, il reproduit la même tactique. Le comte s'agace, considère cela comme un refus de combattre. Il décide alors d'attaquer, piqué, l'épée pointée sur le ventre du jeune Mauro, et, en arrivant sur lui, pivote à droite et fait glisser son épée dans le dos, pour atteindre Mauro sur son flanc. Surpris par la vitesse de l'offensive, Mauro est touché, son pourpoint déchiré, il ne saigne pourtant pas, et le combat continue.

Encouragé par ce coup incroyable, le comte s'enhardit. Le cliquetis des armes résonne entre les arbres, spectateurs impuissants d'un combat tourmenté. Mauro change alors de tactique. Il laisse s'approcher le comte, puis l'esquive, le bouscule et le déstabilise d'un coup d'épaule. Le jeune élève a bien appris sa leçon. Il enroule son épée autour de celle de son adversaire, et le désarme d'un coup sec, projetant son épée à dix pas sur le sol. Mauro, chevaleresque, laisse le temps au comte de la ramasser.

Mauro décide ensuite de pratiquer un combat moins conventionnel, plus espiègle. Il profite de sa jeunesse, s'appuie sur sa rapidité, sa vivacité. Il tourne, vire, avance à gauche, puis à droite, on n'entend plus que le choc des lames. Même les animaux de la forêt se sont tus, pressentant un duel à mort.

Les deux protagonistes se rapprochent l'un de l'autre, tête contre tête, épaule contre épaule, la garde de l'épée d'Aubri de Vuillet repousse Mauro, une fois, deux fois... Le comte accuse les coups, plus lourd, mais à la troisième fois, il ajoute un croc-en-jambe. Mauro, surpris, tombe en arrière. Le comte fonce sur lui.

– Roule, Mauro, roule ! hurle Thérold.

Mauro esquive l'épée en se repliant sur le côté. Il arme son bras face au comte au-dessus de lui et... le transperce. Mauro n'a pas le temps de retirer son arme que le comte s'effondre. Les témoins se précipitent. Maître Thérold retire l'épée de Mauro puis replace le corps du comte de Vuillet sur le dos.

Son ami Guillaume le prend dans ses bras et lui applique son foulard sur la plaie près du cœur. Immobile, Mauro est tétanisé. Il regarde fixement le visage du comte : il vient de tuer un homme. Pour la première fois. Léon Thérold prend Mauro par les épaules et l'entraîne près des chevaux. Le comte Aubri de Vuillet s'éteint quelques minutes plus tard.

Guillaume se redresse et, s'adressant aux deux hommes qui s'éloignent, il crie :

– Vous avez tué le comte de Vuillet ! Vous allez le payer cher ! Très cher ! Je vous le jure, messieurs !

À l'écart de la forêt, trois bûcherons se gardent bien d'intervenir, mais tous ont assisté à la scène.

Le soir même, dans la nuit noire, sans qu'aucune lune ne les trahisse, des gentilshommes gagnent en silence la demeure d'Hervé Possoles de Meynac. Matty, le vieux serviteur, surveille cette assemblée d'une dizaine d'hommes, tous nobles ou riches notables des environs. Guillaume Levry de Méricourt prend la parole d'une voix forte, debout, l'air grave :

– Messieurs, notre ami, mon frère, Aubri de Vuillet est mort. Son cocher aussi. Ils ont été tous deux assassinés, lâchement, fulmine-t-il en se tournant vers le vicomte, par ton intendant Mauro Mortesagne...

– Mauro ? le... mirebalais ? s'étonne le vicomte.

– Lui-même. Il a assassiné le cocher d'une balle de

pistolet alors qu'il n'était même pas armé et a tué Aubri alors que son épée était encore au fourreau.

Vengeance ! Réparation ! Les esprits s'échauffent autour de la table. Tous s'indignent. Seul le vicomte, interdit, reste assis, abasourdi.

– Mais pourquoi aurait-il fait cela ? demande-t-il, la voix chevrotante.

– Il croyait que le comte transportait la paie des ouvriers de ses carrières, justifie Guillaume, d'un air convaincu et convaincant, conformément au scénario élaboré avec son ami Aubri. En plus, ajoute Guillaume, ce chenassier[1] a l'audace de séduire nos femmes pour qui il n'est qu'un accessoire. Nous savons tous cela.

– Fort bien, messieurs, concède le vicomte Possoles de Meynac, tout ventre dehors, tentant de se ressaisir. Le juge de Sarlat est un ami. Je m'en vais lui expliquer le caractère exceptionnel et urgent de cette affaire. J'y veille personnellement.

Le vicomte époussette sa veste, prêt à en découdre.

La sentence qui attend le coupable ne fait aucun doute.

– Parfait. Le comte de Vuillet doit être vengé. Je l'ai juré devant sa dépouille quand je l'ai découvert à côté de son cocher en traversant la forêt de la Bessède, déclare, solennel, Guillaume Levry de Méricourt.

---

1. Coureur de jupons, libertin de bas étage.

9

Deux jours à peine suffisent pour condamner Mauro, compte tenu de la qualité des témoins, Monsieur et Madame Levry de Méricourt. Le juge déclare Mauro coupable, sans autre forme de procès.

Le jeune intendant est arrêté sur-le-champ à l'auberge de la mère Thomas par les gendarmes de Sarlat. Ils l'embarquent, menottes aux poignets, sous les yeux pleins de larmes de la tenancière et de Lison. Pourquoi lui ? Qu'a-t-il fait ? Mauro clame son innocence. Il admet qu'il ignorait que la justice avait été saisie. La précipitation du jugement se répand et surprend beaucoup à Sarlat, mais l'ensemble de l'aristocratie et des élites de la région est bien décidé à éliminer au plus tôt « l'assassin » qui a trahi toute une ville. Les pires ragots sur Mauro, l'ancien enfant chéri du pays, circulent... Sa bonne humeur, sa jovialité, sa bienveillance, ses talents multiples en faisaient le fils, l'ami, l'amoureux, le gendre idéal. Et pourtant, répètent les nobles à qui veut les entendre, ce n'est qu'un brigand, un voleur, un vaurien.

De son côté, Willibert, son frère aîné, se charge de rassurer leurs parents et surtout Lison. Non, Mauro n'est pas un monstre. Non, il n'a pas tué le cocher. Il est tombé dans un piège que ces fourbes de nobles lui ont tendu.

Willibert promet que justice lui sera rendue, quoi qu'il en coûte !

Bientôt, on s'émeut de la sentence. Mauro doit subir le supplice de la roue qui brise bras, jambes et reins du condamné jusqu'à ce que mort s'ensuive. Son exécution doit se tenir, dès le lendemain du jugement, en public, sur le parvis de la cathédrale Saint-Sacerdos.

À l'heure des vêpres, Mauro, incarcéré dans la prison de Sarlat, à deux pas de la salle d'armes de son maître Léon Thérold, découvre des lieux qui l'effraient.

Le cachot est sombre. Dans les sous-sols du palais de justice, les murs aux pierres disjointes suintent des eaux sales de la ville. Un mélange de terre et de paille colle aux pieds, et une seule ouverture, minuscule, à plus de deux mètres de haut, éclaire péniblement la pièce. Seul lui parvient l'écho lointain des roues des carrosses.

– Je serai seul ? demande-t-il au gardien, plus par contenance que par curiosité réelle.

– À part les rats et Batou le chat, tu seras pas dérangé, mon gars.

Mauro s'assoit sur un vieux trépied en bois mal ajusté, à côté d'une paillasse pleine de puces. Le gardien est aussi crasseux que les murs, seulement vêtu d'un tricot de peau, baigné de sueurs.

– Batou ! Batou !

Le chat entre en scène et se glisse entre les barreaux.

– L'heure de la gamelle, i'mange q'les rats. Et les souris aussi.

Le gardien ne laisse plus apparaître qu'une seule dent pour tout sourire, verrouille la porte à clé et laisse Mauro avec ses nouveaux compagnons.

Pour la première fois de sa vie, le jeune Mortesagne se sent faible. Sa force, sa combativité, son optimisme ont disparu, sa vie n'a plus de sens dans cette cellule poisseuse, infestée de puces et de rongeurs.

Ses pensées sont tournées vers Lison, ses parents, la vicomtesse et ses amis de la ferme. Pourquoi lui pardonneraient-ils ? Pour tous, il est probablement coupable. Comment lutter contre la parole des nobles, du juge ? La sienne ne vaut rien contre la leur ! Il se sent abandonné. Tous ses sentiments se mélangent.

Mauro regarde le chat Batou bondir sur un rat, lui coller une patte sur la tête et le saisir dans sa gueule. Moi aussi demain je serai mort, pense-t-il.

Le gardien ventripotent tape sur les barreaux de la porte.

– T'as de la visite !

Thérold et Willibert ont été autorisés à visiter leur ami une dernière fois avant son exécution. L'odeur pestilentielle leur soulève le cœur, mais lorsqu'ils aperçoivent le plus jeune des Mortesagne assis, la tête entre ses mains, ils se précipitent vers lui. Entendant du bruit, Mauro lève les yeux, découvre son frère, et lui tombe dans les bras.

– Jamais je n'aurais dû accepter ce duel...

– De toutes les manières, ils t'auraient piégé. Ils cherchaient simplement la bonne occasion pour se débarrasser de toi. Là au moins tu t'es défendu.

– Regarde où ça me mène...

– Écoute, petit, le coupe le maître d'armes, ce n'est pas l'objet de notre visite aujourd'hui... Noyès n'a pas pu venir, il lui est difficile de se compromettre en ta faveur pour l'instant. Mais il nous a assurés qu'il ne te laisserait pas ici... Et nous non plus, sois-en sûr.

– Cette sentence repose sur un mensonge. Levry de Méricourt a menti, on le sait, réplique Willibert, concentré et déterminé. On n'en restera pas là, je te jure, on va tout faire pour te sortir d'ici.

– Oui, petit, ajoute Thérold, et on *peut* le faire surtout.

Mauro ne comprend pas vraiment ce qu'ils entendent par « on peut le faire ». Il est convaincu que leur présence n'a pas d'autre but que de le consoler, lui redonner un peu espoir.

Thérold s'approche de Mauro et s'accroupit pour lui parler à voix basse. Willibert, malgré sa jambe boiteuse, reste debout devant eux pour éviter que le gardien n'entende.

La confidence ne dure pas longtemps. Dans la pénombre du cachot, Mauro tente de trouver du réconfort dans le regard de son maître d'armes. Il jette un œil à son frère qui fait le guet.

– Vous êtes sûrs de ce que vous dites ?

– À peu près, répond Thérold de son bel accent chantant, fais-moi confiance, fais-*nous* confiance.

Quelques kilomètres plus loin, au même instant, dans la demeure du vicomte Hervé Possoles de Meynac, on s'active. Noyès tente une dernière démarche pour gagner du temps. Il plaide la cause de Mauro, mais aussi celle d'Aléïde.

Noyès révèle au vicomte appuyé sur sa canne pommelée qu'il s'agit en réalité d'un complot de ses amis nobles, jaloux d'avoir été transformés par Mauro en une assemblée de cocus remarquables. Imperturbable, le vicomte bronche à peine.

– Et moi je suis le chef de cette étrange tribu, l'abbé ?

Mais comment veux-tu que je joue ce rôle ? Je me dois de les soutenir, je n'ai pas d'autre choix, mon cher Noyès. Si c'était resté entre les murs de cette maison, passe encore. La vicomtesse était heureuse, et moi, ça m'allait bien. Mais fallait-il qu'il ensorcelle tous les jupons d'Aquitaine ? interroge-t-il, la voix haut perchée. Il a le diable dans les chausses, ma parole, ce Mauro !

– Oui, monsieur le vicomte, et c'est pour ça que vous et moi l'avions embauché...

– Tais-toi, l'abbé.

Son insolence mérite le tutoiement. Le vicomte change subitement de ton, plus sentencieux que jamais.

– N'en rajoute pas. Et si tu veux mon avis, à ta place, je disparaîtrais pendant un bon moment. Tout le monde connaît tes liens avec ce garçon, et c'est toi qui me l'as présenté, n'est-ce pas ?

L'abbé Noyès sent que sa plaidoirie est mal engagée.

– Et je pourrais t'en vouloir... et raconter ça aux autres.

– C'est une menace, monsieur le vicomte ? demande Noyès, faussement étonné.

– Non. Pour l'instant, un simple avertissement.

– Soit, je l'entends et vais suivre votre conseil. Mais pour Aléïde, pourquoi la renvoyer de la sorte ? Elle n'y est pour rien...

– Je ne la renvoie pas, Noyès. Je la mets à l'abri et me protège des rumeurs. Elle part se reposer au couvent de Cadouin. C'est calme, elle pourra méditer un peu. Aléïde apprécie le silence. La mère supérieure a accepté mon offre. Je finance la rénovation de la façade du couvent et Aléïde est accueillie tout l'été et peut-être plus. Joli programme, non ?

– Mais elle n'est en rien responsable, dans cette histoire ! Vous ne pouvez pas lui faire ça ! s'indigne Noyès.

– Et pourquoi pas ? Aléïde est mon épouse et je ne veux pas courir le risque qu'elle s'amourache d'un vulgaire garçon de ferme. Quelle idée avez-vous eue de l'amener ici ! le sermonne le vicomte.

L'abbé ne relève même pas.

– Puis-je saluer Madame la vicomtesse avant son départ ?

– C'est trop tard. Elle a fait ses malles. Elle est déjà en chemin. Bon, on s'est tout dit, l'abbé ? N'oubliez pas mon conseil et appelez Georges en sortant. Il faut que je lui trouve un nouvel adjoint maintenant... Mortesagne devait collecter les fonds, faire les comptes, et l'aider à répartir cet argent dans les coffres du sous-sol. Qui va le faire maintenant, hein ? Pas moi tout de même ?...

Noyès prend congé et file demander à Matty depuis combien de temps la vicomtesse est partie.

– Un peu plus de trente minutes déjà.

Noyès regarde sa montre. S'il se débrouille correctement, il peut encore la rattraper. Il reprend son cheval et galope à pleine vitesse vers Cadouin, direction la forêt de la Bessède. À bride abattue, soutane au vent, l'abbé est pressé de dire à celle qui lui a toujours témoigné sa confiance à quel point Mauro n'était pas un mauvais choix et qu'il est encore aujourd'hui innocent des crimes dont on l'accuse.

La berline d'Aléïde roule à faible allure sur les chemins inconfortables qui traversent la forêt en direction du couvent de Cadouin.

Noyès n'a aucun mal à la rattraper.

Arrivé au niveau de la fenêtre, toujours en selle, il réussit à toquer. Le rideau ne bouge pas. Il prie le cocher de stopper et bondit sur le marchepied.

– Madame la vicomtesse ! Madame la vicomtesse ! Je sais que vous êtes là ! C'est moi, Noyès. Ouvrez ! Il faut que je vous parle de Mauro. Il est en prison. Il faut l'aider !

Aléïde écarte les rideaux.

– Calmez-vous, monsieur l'abbé. Je sais tout cela, je sais. J'espérais même que vous me rattrapiez. Mon mari a refusé que je vous voie et m'a obligée à partir sur-le-champ.

– Mauro a été condamné au supplice de la roue, vous le saviez ?

– Oui. Mon mari me l'a annoncé également, non sans une pointe de satisfaction. Montez. Fermez la porte. Je ne veux pas qu'on nous entende.

Elle montre avec le menton le cocher qui s'est retourné.

– Cela aura lieu dès demain sur le parvis de la cathédrale, chuchote Noyès.

– Comment va-t-il ?

– Mal. Il craint votre jugement mais Willibert, son frère, et le maître d'armes lui parlent en ce moment même pour tenter de le rassurer.

Elle soutient le regard de l'abbé, l'air sévère, sans ciller.

– Jurez-moi qu'il n'est pour rien dans le meurtre d'Aubri de Vuillet.

– Je vous le jure devant Dieu, madame, affirme Noyès. Ce n'est pas un meurtre. Il s'agissait d'un duel entre un mari trompé et un chien fou qui ne sait pas dire non à une femme.

La vicomtesse approuve. Elle en a elle-même bien profité.

Noyès continue.

– Mauro a vaincu à la loyale. Tout le reste n'est que mensonge et complot contre un garçon dont le charme, la force et l'ambition l'ont poussé au-delà de sa condition.

– Je vous crois, l'abbé. Je sais que Mauro n'est pas un bandit. Je voulais vous l'entendre dire. Maintenant, écoutez.

Noyès s'approche. Il sent son odeur de violette et de talc. Elle ne laisse rien paraître du drame qui la conduit en exil, dans un lieu qui pourrait être sa prison.

Aucune inquiétude sur son visage, sa voix est toujours aussi douce.

– Quand j'ai appris la nouvelle de son arrestation, j'ai tout de suite pensé qu'il fallait vous tenir à distance, vous aussi. Vous êtes son mentor. Tout le monde le sait. Ainsi, quand j'ai accepté l'exil au couvent sans discuter, j'ai rédigé une lettre de recommandation vous concernant que j'ai adressée à mon oncle, l'évêque Bastien Ménezeau de la Gallière. Il vit à Paris.

– À Paris ! Mais c'est parfait !

– Vous verrez, c'est un banquier. Très introduit à la cour, et proche d'un des confesseurs du roi. J'ai mis votre nom et celui de Mauro Mortesagne, désigné pour l'occasion intendant général des fermages de la vicomté Possoles de Meynac. Lisez !

Noyès n'en revient pas. Ce document est un laissez-passer pour sauver la vie de Mauro ainsi que la sienne. L'anticipation de la vicomtesse est une bénédiction.

– Merci, madame. Je vous en serai reconnaissant devant l'Éternel.

Il lui baise les mains.

– Là où je vais, monsieur, je le verrai peut-être avant vous, sourit-elle.

Elle redevient ferme.

– Mais maintenant j'ai une exigence : sortez-le de prison.

– On s'y emploie, madame, on ne pense qu'à ça, et nous y arriverons, je vous le jure solennellement.

– Partez à présent. Merci pour votre confiance durant toutes ces années. Nous ne nous reverrons pas. Adieu, monsieur l'abbé.

Noyès tourne la tête avec vigueur.

– Détrompez-vous, madame, je reviendrai vous chercher.

Il descend enfin de la berline qui reprend sa route.

L'abbé regarde une fois encore la lettre où il est écrit que le vicomte Possoles de Meynac recommande à la plus haute bienveillance de l'évêque Bastien Ménezeau de la Gallière ces deux personnes qui lui sont chères.

Au bas de la lettre, une salamandre enroulée autour d'un cep de vigne, le sceau du vicomte. Il glisse ce précieux sésame dans son missel de voyage et fonce vers Sarlat.

Dans la berline, Aléïde songe au tendre Mauro, qui, il y a quelque temps encore, la serrait dans ses bras, dans cette même voiture, pour le meilleur et pour le pire.

10

La lumière du jour passe à peine à travers la petite fenêtre de la cellule de Mauro. Le bourreau est déjà là, un homme rustre, grand et robuste, qui sent le fer et la graisse chaude. Il attend que le gardien ouvre les grilles. À l'intérieur de la cellule, le chat Batou reste en boule contre Mauro. Ses ronronnements n'arrivent pas à l'apaiser. Son heure est venue, Mauro sent sa fin proche. Il serre le chat plus fort contre lui, comme un ultime soutien. Ni le maître d'armes ni Noyès, encore moins son frère trop surveillé, n'ont pu faire quoi que ce soit pour lui. Finir sur le parvis de la cathédrale, nu, un panneau autour du cou, pour expier ses péchés, et supplicié sur la roue, c'est déjà arrivé dans la vicomté, mais pas à un Mortesagne, qui plus est innocent. Il a honte pour ses parents, honte pour Lison, pour ses amis, s'il lui en reste encore. Le gardien bedonnant prend son temps et sort son lourd trousseau de clés. Au son métallique, le chat détale entre les barreaux. Le bourreau pénètre dans la cellule, lève Mauro violemment de sa paillasse, et lui fait signe de se dévêtir. De l'autre main, il lui tend une longue chemise blanche. Mauro s'exécute et l'enfile sans discuter.

– Tu sais que je suis pas un assassin, tu le sais, toi, hein ? tente-t-il de se justifier sans convaincre ni le gardien ni le bourreau.

Ce dernier lui saisit les mains et lui passe deux liens en cuir autour des poignets qu'il serre de toutes ses forces. Impossible pour Mauro de bouger. Il se tient debout, au milieu de sa geôle, au milieu des détritus et des cadavres de rats, nu sous sa chemise, les mains entravées. La honte l'envahit. Spontanément, il baisse la tête et abdique. Son heure est arrivée. Tout est fini !

Le bourreau termine sa tâche, jette ses vêtements, l'attrape par les liens, et, toujours en silence, le traîne dans son sillage. Mauro manque de tomber, se redresse, grimpe les marches tant bien que mal, le gardien ne le regarde même pas quand il passe devant lui.

À l'arrière de la prison du palais de justice, un soleil déjà haut éclaire Mauro. Il relève un peu la tête, mais il est immédiatement ébloui. Ses yeux doivent se réhabituer à la lumière. Posée sur une charrette tirée par deux chevaux, une cage en bois d'environ trois pas de côté l'attend. Le bourreau pousse Mauro pour qu'il monte par un petit escabeau. Tout s'enchaîne vite afin que Mauro ne puisse protester. Mais il n'en a plus la force. Mauro ne parvient même pas à tenir debout et doit se mettre à genoux. Il est pressé d'en finir, maintenant, il n'en peut plus. Le bourreau ferme la cage avec une chaîne qu'il enroule autour des montants. Impossible de s'échapper désormais. Deux gendarmes se positionnent de chaque côté de l'attelage pour l'escorter à travers les ruelles de Sarlat.

Le convoi s'ébranle lentement et péniblement sur les pavés irréguliers.

Les curieux se sont massés sur le haut du pavé. Ce n'est pas tous les jours qu'on assiste à un écartèlement sur la place publique ! Mauro ose à peine affronter le regard méprisant des badauds. Il encaisse les insultes, les crachats et les jets de fruits pourris. De temps à autre, quand les mots lui font mal, il hurle : « Je ne suis pas un assassin !... Pourquoi j'ai pas eu de procès ?... » Mais, tout à leurs quolibets, les gens ne l'entendent pas.

Par le toit de la cage, il reçoit des brocs d'eau sale depuis les balcons.

Au milieu des détritus, une rose rouge tombe sur sa chemise. Mauro lève les yeux et aperçoit une silhouette de femme cachée derrière le voilage d'une fenêtre d'un hôtel particulier.

Plus loin, dans cette même rue d'un quartier élégant, une autre fleur lui parvient. Là encore, il devine plus qu'il ne voit le visage de celle qui la lui adresse.

Mauro comprend alors qu'il n'a pas que des ennemis et que certaines de ses conquêtes lui accordent le bénéfice de leurs amours passées.

Bientôt, Mauro ne voit plus que ces fleurs. Peu importe que la charrette soit ballottée de tous côtés, ces fleurs sont les derniers messages d'amour sur ce chemin de croix qui n'en finit pas.

Le convoi emprunte désormais une petite rue à angle droit avant d'atteindre sa destination finale. La chaussée se fait plus étroite, les gendarmes précèdent la charrette pour disperser la foule amassée qui injurie Mauro agrippé aux montants de la cage. Tout à coup, une pile de tonneaux remplis d'huile s'abat devant les chevaux, bloque la ruelle et répand un liquide visqueux sur le sol. Au même instant, deux immenses filets tombent des balcons et emprisonnent gendarmes et bourreau. Une dizaine d'hommes cagoulés et armés de pistolets surgissent. Trois d'entre eux attaquent la cage à la hache. En moins de temps qu'il ne faut pour le dire, ils extraient Mauro pendant que les autres abattent l'escorte qui baigne dans la graisse sous le filet. La foule effrayée hurle et tente de se disperser en courant. Mais la rue est si étroite que tous se sentent pris au piège. Du toit d'une des maisons descend une solide corde. Les hommes cagoulés la récupèrent et l'accrochent à la taille de Mauro qui est aussitôt hissé. En moins de trois minutes, grâce aux cadets masqués issus de la compagnie du maître d'armes Léon Thérold, Mauro est libéré.

Pour protéger leur fuite et faire diversion, Léon, l'abbé Noyès et Willibert, qui accueillent Mauro à la fenêtre du grenier, tirent plusieurs coups de feu en l'air. Les gendarmes venus à la rescousse pataugent dans l'huile, craignent d'être touchés par cette seconde attaque qui provient des toits et s'abritent sous les portes cochères. Les cadets en profitent pour se disperser un par un en jetant leurs cagoules à terre. Ni vu ni connu.

Mauro, rassuré, vient d'être le témoin et le principal bénéficiaire d'une évasion d'une audace et d'une précision incroyables. Il étreint ses sauveurs, amis fidèles et courageux.

– Merci, merci, merci, mais... comment avez-vous fait ?

– C'est pas le moment, on t'expliquera. D'abord, on va t'enlever ça.

Thérold sort un couteau de sa ceinture et tranche les liens. Comme tout prisonnier libéré, Mauro se frotte les poignets. Il retrouve peu à peu le sourire.

– Allez, vite, pas une minute à perdre. Plus tard les effusions. Suivez-moi, dit Thérold, le stratège de cet assaut.

La fine équipe reconstituée s'engage alors sur les toits de tuiles de Sarlat.

Ils jettent un œil derrière eux, afin de vérifier que personne ne les suit. Dans la rue, trois complices de la troupe de Thérold, le visage encore masqué pour faire diversion, sortent en courant d'une maison voisine. Les gendarmes croient qu'il s'agit de Mauro et de ses amis et leur emboîtent le pas. « Les voilà ! les voilà ! » Ils se lancent à leur poursuite.

Cent mètres plus loin, les complices récupèrent les chevaux et partent au galop vers les portes de la ville, entraînant derrière eux toute la maréchaussée. Le leurre a bien fonctionné.

Dans les combles aménagés, Willibert, Noyès, Mauro et le maître d'armes s'affalent sur les coussins et les matelas au sol. La tension a été épuisante. Ils restent silencieux, se regardent et soufflent enfin.

– Restons là pour cette nuit, personne n'aura l'idée de venir nous chercher dans cet endroit aussi proche de la prison, dormons un peu, nous retournerons au château plus tard, prévient Noyès.

– Vous n'y pensez pas ! s'exclame Mortesagne.

– Si, et c'est même toi, Mauro, qui va nous aider à y entrer !

11

Mauro, Willibert et Noyès se posent allongés sur le dos, tous sur une même paillasse rembourrée de crin.

Mauro garde les yeux grands ouverts, pas prêt à s'endormir, encore tout étonné de ce qu'il vient de vivre.

De son côté, Noyès ronfle à tout va.

Quant à Willibert, il se tourne et se retourne.

À pas de velours, Thérold revient de la salle d'armes du rez-de-chaussée, pose un broc d'eau fraîche et quelques verres en étain sur une console, puis lance une culotte de toile et une chemise propre à son élève.

– Merci, chuchote Mauro.

Thérold lui fait signe de ne pas réveiller les autres. Il allume une bougie. Mauro poursuit à voix basse, dans l'ombre démesurée de son maître d'armes :

– Merci, vous... vous m'avez sauvé la vie et je... je...

Thérold met un doigt sur ses lèvres, bienheureux du silence de la nuit.

– Vous pouvez parler, j'arrive pas à dormir, lance Noyès.

– Si, si, si, tu y arrives ! Écoute ! Tu ronfles, l'abbé, se moque Willibert, tout aussi réveillé.

– Moi, je ronfle ? Mais pas du tout !...

L'abbé se redresse sur la paillasse.

– Eh, dites-moi, regardez, j'ai bien fait d'enlever ma soutane, non ? s'enorgueillit-il, fier de montrer la culotte de cheval en peau et la veste courte qu'il a adoptées pour l'expédition. Mauro termine d'enfiler la même culotte de son côté.

– Tu peux même t'en débarrasser définitivement, tu ne vas plus servir la messe pendant un long moment, lui confirme Thérold.

Dehors, la nuit et le silence se sont abattus sur Sarlat. Il fait sombre sous les combles, une seule bougie suffit, ce n'est pas le moment de se faire repérer.

– Tâchez de vous reposer un peu, on ne doit pas rester ici trop longtemps, je vous réveillerai à l'aube, prévient Thérold.

Une heure plus tard, le maître d'armes, les bras chargés de victuailles, revient des cuisines avec charcuteries, poulet, deux grosses miches de pain à la farine de froment et une cafetière dont l'odeur suffit à réveiller la troupe.

– Prenez des forces, messieurs, nous allons en avoir besoin.

Mauro, interdit, regarde ses trois amis qui, eux, ont visiblement compris le message.

– Des forces pour quoi faire ?

– Mange, lui conseille son frère. On te racontera après.

Mauro ne se fait pas prier. L'infâme bouillie qu'on lui a servie pendant deux jours en prison et la libération mouvementée qu'il vient de vivre lui ont ouvert l'appétit.

Les trois autres voient dans cette collation improvisée un bon moyen d'évacuer toute la tension qu'ils ont accumulée ces dernières heures.

Ces hommes aux destinées si éloignées ont trouvé dans cette aventure une façon de se dépasser, de pimenter leurs vies, routinières et sans véritable saveur. Ils jouent leur partition individuelle en mettant en commun leurs folies passagères et leurs désirs déraisonnables.

Mauro, une cuisse de poulet à la main, tente d'en apprendre un peu plus.

– Qu'est-ce que vous avez manigancé pour la suite ?

– Il nous reste un « détail » à régler, confesse l'abbé Noyès en regardant Mauro, plein de malice. On va rendre une petite visite à ton ami le vicomte.

Mauro écarquille les yeux, surpris par cette idée saugrenue.

– Comment ça, une « petite visite » ?

– Tu nous as bien dit qu'il cachait son coffre-fort dans le sous-sol du castel ?

Mauro acquiesce.

– Il est bien le seul à avoir la clé ?

– C'est bien ça.

– Pas de double, ailleurs ?

– Non, il garde la clé dans une petite bourse de cuir en forme de salamandre, toujours accrochée à sa taille, sous sa chemise. De jour comme de nuit. Il ne la retire que pour déposer au coffre tout l'argent des fermages que je collectais...

Mauro s'arrête un instant et se ressaisit.

– Mais, s'il me reconnaît ?

– Bah, on espère bien qu'il te reconnaîtra, il manquerait plus qu'il ait un doute, s'esclaffe Willibert, faisant rire tous les autres au passage.

– Allez, dépêchez-vous, messieurs, l'effet de surprise est essentiel, nul ne nous imagine aller là-bas de si bon matin, précise Noyès.

Pas mécontent, Mauro avale une dernière bouchée de pâté et jette sa chemise de condamné au fond d'un coffre. Thérold souffle la bougie. Ils effacent toute trace de leur passage et rejoignent le rez-de-chaussée pour sortir par une porte dérobée qui donne sur la rue.

Dehors, les pavés accueillent quelques hommes éméchés et des femmes dûment payées pour leur compagnie. Les quatre fugitifs avancent, eux, en file indienne. Une surprenante et inaccoutumée équipée. C'est peu dire. Un soldat à la retraite, un ancien militaire, un abbé défroqué et un repris de justice ! Tous unis par la volonté d'affronter la vérité et déterminés à réparer l'offense subie par un homme pour lui rendre son honneur. À chaque coin de rue, Thérold en tête s'assure que la voie est libre. Aucune patrouille en vue. Les gendarmes ont déserté la ville à leur recherche. À la porte Saint-Médard les attendent des chevaux et leur cocher qui aura droit à quelques deniers. Les quatre compagnons quittent Sarlat.

Dans son castel, le vicomte ne trouve pas son sommeil.

Hier soir, un messager venu de Sarlat l'a informé que Mauro avait été délivré par une bande d'hommes cagoulés. Qui sont-ils ? Où peuvent-ils aller ? Le vicomte, qui n'a jamais été courageux, l'est encore moins dans ces circonstances. Il imagine qu'il a fui la ville et qu'on ne le reverra plus.

Bien sûr, il l'aurait préféré mort. Personne autour de lui pour le rassurer. Seul dans son castel, le vicomte n'est pas serein.

Dehors, la route du castel est déserte, et la distance franchie au galop. En arrivant en vue de la bâtisse, Mauro et ses amis ralentissent leurs montures et terminent à pied en silence pour pénétrer par les cuisines.

Aucun bruit. Aucune lumière à part celle d'une demi-lune.

L'ancien adjoint de l'intendant, qui connaît bien les lieux, conduit la petite troupe sans encombre, mais, une fois dans les cuisines, une porte couine et les arrête d'un seul coup dans leur progression. Un homme apparaît dans l'entrebâillement, une lanterne à la main. C'est le vieux Matty. Mauro s'avance et montre son visage pour le rassurer.

– Oh, Mauro ! Mauro ! C'est toi ? Mordiou, c'est donc vrai ? T'es vivant ! Merci, merci !

Il serre Mauro dans ses bras et aperçoit les autres par-dessus son épaule,

– Oh ! Monsieur l'abbé... Maître Thérold ! Ça alors !... C'est étrange, j'ai dû avoir un pressentiment, j'ai cru entendre un bruit, et je venais vérifier que j'avais bien fermé la porte. Eh bien tant mieux... je l'avais laissée ouverte. C'est comme si je vous attendais en somme, murmure le vieil homme.

– Matty, tout va bien, rassure-toi, mais nous devons faire vite et en silence, chuchote Mauro. Alors, regagne ta chambre et oublie-nous.

– Bonne chance, mon garçon. Si tu savais comme j'ai eu de la peine...

– Oui, oui, Matty, j'en suis sûr. Tu es mon ami. Pour toujours. On se reverra, sourit-il, touché par la tendresse du majordome.

Sur les murs le long de l'escalier monumental qui avait impressionné Mauro lors de sa première visite, les aïeux du vicomte, toujours aussi laids, voient passer quatre hommes marchant à pas de loup. Mauro en tête et les trois autres cagoulés.

Willibert, qui ferme la marche, pénètre dans une chambre vide et saisit une taie d'oreiller blanche. Il y fait deux trous de façon grossière et la pose sur la tête de Mauro. Le voilà cagoulé lui aussi. Décidément, cela devient une habitude en ces lieux, pense-t-il en secret.

À l'étage, les fugitifs repèrent la chambre du vicomte. Une odeur de fumée froide les précède. Un feu termine de s'éteindre dans la cheminée et la fenêtre est entrouverte.

Le vicomte porte un bonnet en coton sur la tête et une écharpe en laine autour du cou. Deux chandeliers ornent le manteau en pierre de la cheminée. Sur le pare-feu, la salamandre, encore elle, rappelle les origines du vicomte.

Willibert saisit une bougie, l'allume avec une braise et s'approche du lit. Un carreau de céramique au sol, mal joint, crisse.

– Réveille-toi, Hervé, tu as rendez-vous avec le diable, murmure Willibert dans une mauvaise imitation d'outre-tombe.

Le vicomte n'ose plus bouger. Il cherche d'où peut venir cette voix.

– Willibert, laisse faire l'abbé, il le fera mieux que toi, il a l'habitude de prêcher, chuchote Mauro.

Noyès, enchanté, n'est pas contre cette petite mise en scène impromptue pour effrayer la canaille de vicomte.

– Hervéééé ! Immonde verruuuuue ! Tu es le bienvenu en enferrrrr !

Les trois autres, entendant le curé Noyès se mettre dans la peau du diable, se réjouissent de cette situation pittoresque. D'un bond, le diable réveille enfin ce cher Hervé.

Le vicomte se redresse, tout tremblant, suffoque, s'agite et devine à la lumière de la bougie, penchés sur son lit, quatre visages masqués, dont un fantôme à la cagoule blanche.

Les anges de la mort l'ont enlevé, il en est persuadé.

Il cherche ses lunettes, tâtonne sur sa table de chevet en chêne, Willibert les lui arrache des mains, le soulève et le tient à bout de bras.

– C'est l'heure des comptes... sale vermine...

Le pauvre vicomte joue des ciseaux avec ses jambes telle une ballerine d'opéra.

Maître Thérold déchire d'un coup sec le pyjama brodé aux armoiries des Possoles de Meynac et récupère la clé du coffre dans la petite bourse nouée autour de sa taille.

Regarde-moi bien, toi qui voulais ma mort, vocifère Mauro, regarde-moi.

Il balance la taie d'oreiller qu'il avait sur le visage et hurle plein de rage.

– JE suis TA mort.

C'en est trop pour le vicomte qui s'évanouit.

Ils l'installent alors sur le lit, le déshabillent et l'attachent aux barreaux de la tête de lit chantournée.

Munis de la fameuse clé, nos quatre comparses descendent rapidement au sous-sol du château.

Dans une pièce fermée par une lourde porte en fer, ils ouvrent l'immense coffre qui contient plusieurs sacs de jute remplis de pièces d'or. Sans perdre une minute, Thérold donne les premières consignes.

– On en prend trois chacun.

– Mais il en restera, proteste Noyès.

– Eh bien, on fera des allers-retours jusqu'aux chevaux.

– Mais non, mais non, répète une voix fluette, derrière la porte. J'ai ce qu'il vous faut.

Matty, qui a « oublié » de regagner sa chambre, tient une brouette devant eux.

Dans le castel désert, l'équipe retrouve rapidement ses chevaux dans la cour. Les sacs d'or sont attachés de part et d'autre des selles. Après avoir salué les héros d'un soir, Matty range sa brouette, pense à fermer la porte et va se coucher enfin. Le sort du vicomte ne semble pas le préoccuper. La vieille carne peut attendre.

En quittant les lieux, Mauro jette un dernier coup d'œil à la fenêtre de la chambre de la vicomtesse désespérément vide.

– Les fantômes ne vous oublieront pas, chère madame, déclare-t-il, solennel et sincère.

Les quatre compagnons s'élancent enfin vers Paris. Les rumeurs alimentent leur échappée. On raconte dès le lendemain que des mercenaires cagoulés ont délivré un assassin peut-être innocent, et qu'un vicomte nu et enrhumé a même été retrouvé ligoté à son lit ! Des histoires à dormir debout et à raconter à la veillée chez la mère Thomas, jusqu'à ce que les bougies fatiguent...

12

– Dix sols pour ça !

Assis sur un matelas bourré de crin, Mauro fixe le plafond aux poutres vermoulues. De ses doigts gourds, il écaille le plâtre des murs. Les bois des parquets ajourés sentent le tabac froid et la viande fumée. Il grelotte, la cheminée ne chauffe pas tant que ça, et sa couche grouille de puces en pleine farandole.

Dix jours que ses amis et le jeune Mortesagne chevauchent leurs montures sans s'arrêter ou presque. Dix jours que Mauro rêve de Paris. La ville du roi... et de la reine. On lui a tellement parlé d'ors, de lumières, de fontaines de marbre, de ponts habités. Ils y sont enfin et... rien de tout ça. Quelle déception ! Les rues sont sales, sombres et bruyantes, entre les cris des colporteurs et les coups de marteau des maréchaux-ferrants. Les chevaux et les fiacres s'entrechoquent et on manque de se faire renverser à chaque pas, mais cette ville déborde de vie et le jeune Mauro est impressionné.

Ses compagnons et lui ont pris leurs quartiers chez Chapuis, un vieil ami de Noyès, qui tient l'auberge-cabaret de la Pomme de Pin, à l'extrémité du pont Notre-Dame. Cette auberge dispose de quelques chambres qui ressemblent plus à des boxes dans une écurie, mais pour l'instant, « on s'en contentera », a confié l'abbé quand ils ont découvert les lieux. Chapuis est un gaillard aussi rond que haut, la calvitie bien entamée et le nez couleur fond de barrique. Son établissement est fréquenté par tous les ébénistes, raboteurs et marchands de bois qui occupent l'est de Paris. Si, le jour, ces hommes éclusent des gorgeons, le soir venu, au fond de la salle, Chapuis installe près de la cuisine une petite scène, posée sur quatre demi-tonneaux. On y chante et on y lit des poèmes et des libelles où l'on moque les puissants. On rit, on boit jusqu'à l'aube. En déposant son gros sac sur ce qui lui sert de lit, Mauro aperçoit au-dessous quelques crânes de clients à travers les lattes du parquet.

Willibert, attendri, regarde son jeune frère. On dirait un oiseau trop grand dans une cage trop petite.

– Allez, c'est seulement pour quelques jours ! Viens ! On va fêter notre arrivée à Paris !

Au rez-de-chaussée ils s'installent autour d'une grande table ronde.

Chapuis leur apporte des godets de vin de grain servis à ras bord.

Mauro renifle le breuvage. L'odeur de farine, d'orge

et d'houblon le rassure immédiatement. C'est doux, c'est frais, c'est sucré.

– À vot' santé les gars ! Ça, c'est la rincée du patron !

Chapuis sourit. Il lui manque plusieurs dents. Il n'a pas l'air méchant.

– Ça fait longtemps que vous vous connaissez, l'abbé et vous ? interroge Mauro.

– Disons que ça fait... un sacré bail... On était gamins. On s'est connus au séminaire, c'est dire.

– Au séminaire ? reprend Mauro, l'air surpris. Mais qu'est-ce que vous y faisiez, Chapuis ?

Au fond de l'auberge, on aperçoit une femme sans âge, un plateau à la main. Chapuis la regarde avec affection.

– L'amour l'a rattrapé, coupe Noyès, Dieu a perdu un serviteur, mais moi j'ai gagné un ami. Pas vrai, Chapuis ?

Noyès lui donne une tape généreuse dans le dos. Chapuis rit de bon cœur. Mauro commence à se détendre.

– C'est vous qui avez quitté le séminaire ?

– Non, non, j'ai été ordonné le même jour que Noyès. Curé, c'était le meilleur moyen pour moi de pas tourner mal. La mère buvait. Le père était parti. Mes frères étaient voleurs.

– ... « étaient » ? interroge Thérold.

– Oui, ils sont morts... en prison. Le séminaire, c'était le seul endroit pour échapper à cette famille et apprendre à lire et à écrire. C'était pas désagréable, hein, vous savez... Mais je sentais que Noyès serait un *monsieur*. Lui, il est allé à Sarlat, et moi j'ai été curé pendant trois ans à Agen. Et un jour au confessionnal, une jeune femme est arrivée en larmes. Elle avait peur... Son mari. J'ai écouté. Elle était belle mais si triste. Au bout de quelques semaines, on est partis tous les deux sur les routes. On a travaillé dur dans les auberges de la région. Mado a récupéré un petit pécule de ses parents, moi, des amis, dont Noyès, m'ont prêté des sous. D'ailleurs, je t'en dois encore... Et quelques années plus tard, on s'est installés ici. Aujourd'hui, je paie mon loyer et j'élève mes gosses, voilà. Je suis heureux ! Et vous savez quoi ? Bah, le petit Jésus, il m'en a pas voulu...

Mado soigne les amis de son homme et leur propose un repas chaud.

– Oui, montre-leur ce que tu sais faire !

Aussitôt dit, aussitôt servis.

Un bouillon bien gras pour commencer, puis de belles côtelettes avec des pommes de terre à l'ail viennent garnir la table.

Après ça, l'ancien curé leur sert quelques verres d'alcool de prune, et continue avec des tourtes au fromage, suivies pour finir d'une marmelade d'agrumes à la bergamote.

– Royal, s'emballe Noyès, qui en a presque plus sur la moustache que dans l'assiette tant il se régale. Plus personne ne parle !

Mado apporte une quatrième bouteille. L'atmosphère s'est réchauffée. Mauro en a même oublié ses craintes.

Il y a de plus en plus de monde. Des femmes seules, souriantes et peu farouches encouragent les « boisards » du faubourg Saint-Antoine à consommer. Chapuis se rémunère au verre vendu.

Noyès, le regard un peu vitreux après quelques godets, se lève et s'adresse de manière solennelle à ses compagnons :

– Les amis... oh ! les amis ! vous savez pourquoi on est là ? pourquoi on a réussi ?

Les trois autres, à peu près dans le même état, n'osent lui répondre.

– ... Parce que chacun de nous a un rêve.

Personne ne sait où il veut en venir, ni s'il y arrivera, et dans le doute, ils se contentent d'un vague mouvement de tête qui signifie : « Et alors ? »

– Eh bah, moi, je vais vous le dire : depuis toujours, même depuis le séminaire, je rêve de devenir cardinal. Oui, avec le petit chapeau sur la tête. Et parce que le rouge me va bien.

– Cardinal ? Rien que ça ? Et pourquoi pas pape, pendant que tu y es ! ajoute Thérold.

– Chaque chose en son temps, répond Noyès en levant la main.

Et, s'adressant à Léon : Et, toi ? Tu rêves de quoi ?

Le maître d'armes les regarde un à un.

– Moi aussi, je sais. J'ai toujours voulu devenir capitaine des mousquetaires du roi. C'est grand, ça, non ?

– Et tu habiteras Versailles ?

– Et j'habiterai Versailles. En tout cas, pas ici, c'est sûr…

Tout le monde approuve et rit.

– Bon, après monseigneur Noyès, mon capitaine Thérold, et toi Willibert ? Tu rêves de quoi, toi ?

– Je voudrais retourner dans l'armée. Avancer au son du fifre et du tambour avec mes fantassins, l'épée et le drapeau à la main…

– Les deux dans la même main ? se moque Mauro en riant.

Chapuis ne perd pas un mot des confessions personnelles de ces hommes qui l'impressionnent.

– Et toi, petit, est-ce que tu rêves, au moins ? interroge Noyès.

Mauro, qui a le vin tendre, se lève et déclare à son tour, la main sur le cœur, un peu vacillant :

– Je pourrais m'arrêter là, messires, vous m'avez fait vivre tous les trois depuis des mois une vie qui ressemble à un rêve, avec de l'amitié, de l'instruction, des femmes et en plus, quel bonheur, des salauds de profiteurs à corriger.

Ses trois compagnons applaudissent puis lèvent leur verre.

– À Mauro !

– Tu vois, Mauro, rêver, c'est TON pouvoir.

– Oui, j'ai le pouvoir de rêver et j'ai pas fini, conclut-il en s'écroulant sur la table.

13

À les regarder avancer dans la rue, Noyès devant, Mauro derrière, ils pourraient passer pour le maître et l'élève, un père et son fils. À moins qu'ils ne soient que deux simples hommes, voire un peu tout cela à la fois.

– C'est quoi, ça, autour de votre doigt, l'abbé ? l'interpelle Mauro qui tente de suivre la cadence de l'abbé, plus déterminé que jamais.

– C'est un anneau.

– Je ne vous ai jamais vu avec. Et vous êtes marié avec qui ?

– Si je te dis avec l'Église, tu vas pas me croire, et pourtant c'est le cas, et là où on va aujourd'hui, cet accessoire est indispensable, ça s'appelle « un anneau pastoral ».

– C'est pareil pour la collerette ?

Noyès garde la tête haute, les yeux rivés devant lui, l'air digne.

– C'est pas une collerette ! Ça s'appelle un rabat,

les ecclésiastiques en portent tous et c'est même à ça qu'on les reconnaît. Toi, en revanche, tu aurais pu faire un effort. Avec ton pantalon de jongleur et ta redingote en cuir, tu fais plus dresseur d'ours qu'intendant...

– Trop tard, j'avais que ça, répond Mortesagne, agacé.

Noyès s'arrête, se tourne face à Mauro et réajuste tant bien que mal la chemise mal repassée de son jeune protégé.

– Tu sais, c'est une entrevue importante, on n'est plus en Dordogne, là, il va falloir te plier aux usages de la grande ville que tu convoites, si tu veux qu'elle t'accepte.

– Dites, c'est pas un peu trop tard pour la leçon ?

Noyès fixe les yeux de Mauro, dont le un regard est sombre. Il est sur la défensive.

– C'est pas une leçon, je souhaite simplement te prévenir que nous allons rencontrer un personnage haut placé dans la hiérarchie de l'Église et du royaume. Il fréquente la cour, alors je te conseille d'avoir du respect et surtout de l'humilité.

– D'accord, l'abbé, je lui ferai aussi la révérence !

Noyès ne relève pas, habitué désormais à ces petites claques d'insolence que Mauro distribue à ceux qu'il aime bien.

L'abbé est bien trop occupé maintenant à vérifier les numéros pas toujours visibles des hôtels particuliers qui s'alignent dans cette longue rue du Bac qui mène jusqu'à la Seine. Il s'arrête, cherche ses lunettes puis consulte son carnet.

– C'est là, au 17 !

Mauro se redresse et lève la tête devant un portail en pierre sculpté et de monumentaux vantaux en bois bordeaux.

Noyès frappe d'un geste vigoureux. L'œilleton de la porte s'ouvre. Une sœur, toute de noir vêtue, apparaît devant eux.

– Nous avons rendez-vous avec Monseigneur, lance l'abbé en enlevant avec élégance son chapeau noir à larges bords.

– Oui, entrez, messieurs, suivez-moi !

La démarche véloce de la sœur, son regard vif et son accent chantant font oublier un visage marqué par les ans.

Mauro, dont les yeux rebondissent sur chaque mur, n'a jamais vu un tel décor. Les plafonds sont si hauts qu'on ne distingue pas le détail des nombreuses moulures dorées. Il aperçoit des angelots et des fleurs. Il laisse son œil errer sur des peintures rappelant certains épisodes de la Bible. Il regrette de ne pas avoir davantage écouté Noyès au catéchisme pour mieux apprécier les lieux.

La sœur les installe dans une antichambre, une sorte de bureau orné d'une bibliothèque savamment garnie.

– Monseigneur ne va pas tarder.

Le carrelage à damiers mène au bout de la pièce vers un escalier à double révolution en bois de chêne clair où les nouveaux invités ne remarquent pas le départ des précédents. Au plafond, des pampilles scintillent des éclats de bougies toutes allumées. La cire d'abeille et le feu de bois imprègnent les lieux. Le silence règne. On devine à travers les vitraux colorés des fenêtres l'agitation de la rue. Ici, tout est calme. Mauro apprécie. Quelques vues de Paris, des gravures, des tableaux et un immense portrait du maître des lieux en grand apparat terminent le décor somptueux. Bastien Ménezeau de la Gallière, l'oncle d'Aléïde, évêque de Périgueux pendant quatorze ans, actuellement conseiller chargé des finances auprès du cardinal archevêque de Paris, fut aussi autrefois l'un des précepteurs préférés du jeune roi Louis XV. Sur ce tableau on distingue l'homme légèrement guindé, grand, mince, vêtu de noir, un missel à la main.

– Monseigneur vous attend, veuillez me suivre.

Sœur Célia les précède dans l'escalier.

À l'étage, l'oncle d'Aléïde les accueille à bras ouverts. L'homme face à eux ne ressemble plus vraiment au portrait officiel, pense Mauro. Il est plus rond, plus âgé, mais moins guindé et plus souriant aussi.

– Bienvenue, messieurs. Je vois que vous avez fait connaissance avec sœur Célia, de l'ordre des auxiliaires du Purgatoire, la personne la plus importante en ces lieux. Vous pouvez rester, ma sœur, merci. Alors donc, voici des amis de Dordogne ! Si vous saviez comme notre région me manque... Pardonnez-moi si je ne reste pas trop longtemps debout, une crise de goutte due à une alimentation désordonnée me chagrine...

Sœur Célia approuve et lui avance son fauteuil.

Noyès s'incline et se présente.

– Monseigneur, merci de l'honneur que vous nous faites, je suis l'abbé Noyès, de la paroisse de Saint-Cyprien, et voici Mauro Mortesagne, intendant des terres du vicomte Possoles de Meynac. Nous venons sur la recommandation de votre nièce, la vicomtesse, Aléïde Possoles de Meynac, née Minier de Falois.

– Oui, en effet, sœur Célia m'a prévenu. Comment va donc ma chère Aléïde ? Quelle délicieuse enfant, si raffinée. On s'écrit parfois mais ça fait bien longtemps que je ne l'ai vue.

– Elle va fort bien. Elle fait actuellement une retraite spirituelle près de Sarlat et m'a chargé de vous remettre cette lettre.

Sœur Célia la prend et la tend à l'évêque.

Il la lit en approuvant certains passages.

– Ah, voilà, c'est bien, elle me donne de ses nouvelles. Et elle parle de vous en termes élogieux. C'est avec plaisir que je vous reçois, messieurs.

Il range la lettre dans l'enveloppe.

– En revanche, elle ne me donne pas de nouvelles de son mari. Mais, voyez-vous, ça ne me manque pas.

Il y a quelques années, il a essayé de me vendre des terres qu'il avait surévaluées... À moi ! Dont la finance est le métier ! Faut-il être stupide... il doit l'être toujours d'ailleurs.

– Oui, monseigneur, il n'a pas beaucoup changé...

Cette opinion partagée ravit l'évêque qui glousse sur son fauteuil. S'adressant à Mauro :

– Alors, que faisiez-vous sur les terres des Possoles de Meynac ?

Mauro hésite, un peu gauche, Noyès l'encourage du menton, il se lance :

– Je m'occupais de la gestion des quatre fermes. Notamment celle pour l'élevage des vaches et des porcs. Mais également des terres à blé, des plantations des arbres fruitiers et des vignes. Il fallait maintenir la rentabilité, donc faire les comptes, et diriger le personnel, de même que...

– Oui, oui, très bien, l'interrompt Monseigneur, je connais ça, jeune homme. Parfait, et il est dit dans la lettre que le domaine a pris de la valeur grâce à vous.

– Oui, monseigneur, l'arrête Noyès, Mauro avant cela était le meilleur élève de la paroisse de Saint-Cyprien, et le plus pieux.

L'évêque réfléchit :

– Sœur Célia, notez, on va organiser un souper en l'honneur de la Dordogne. Ces messieurs y seront conviés avec des produits issus de notre région. Sœur Célia est d'origine italienne, nul n'est parfait, confesse-t-il à ses visiteurs. Vous allez découvrir une belle et bonne cuisine, ma sœur... ne me regardez pas comme ça, je serai raisonnable. Pensez à inviter le baron de Champbrun. Il est venu récemment me demander conseil pour ses terres de Bourgogne et ça me donne une idée. Bon. Voilà. À bientôt, messieurs, ici même. Je dois vous quitter. Une séance au parlement de Paris qui est très réticent en ce moment aux nouvelles réformes royales. Ces messieurs... tous pareils... Il n'y en a que pour leurs privilèges ! conclut Monseigneur, que le clergé et les nobles semblent agacer.

– Merci, monseigneur. C'était un honneur de venir ici, ce fut une joie de vous rencontrer.

L'abbé Noyès et Mauro s'inclinent et se retirent, raccompagnés par sœur Célia.

De nouveau rue du Bac, Mauro interroge l'abbé Noyès qui retire son chapeau et évente sa soutane.

– Alors, ça a été ?

– Oui, je crois, j'ai eu peur que tu en fasses trop, ou pas assez, mais tu as été correct. C'est même plutôt bien pour une première. Écoute, observe, comme tu l'as fait. Je l'ai trouvé très aimable, cet homme, et la recommandation d'Aléïde était notre meilleur sauf-conduit, il ne faudra pas l'oublier. Je le lui ai promis.

Mauro acquiesce. Les deux hommes repartent, Mauro devant, Noyès derrière.

14

– Ils sont toujours aussi lourds !

– Heureusement ! C'est bon signe.

À l'étage de l'auberge-cabaret de la Pomme de Pin, Mauro soupèse les sacs de jute remplis de pièces d'or et d'argent, cachés parmi les sombres soutanes de l'abbé.

– On devrait les mettre à l'abri.

– Pourquoi ? s'enquiert Mauro.

– On ne sait jamais, on ne peut pas dire qu'ils soient véritablement en sécurité ici, c'est ouvert aux quatre vents, la porte ferme à peine...

Willibert et le maître d'armes approuvent.

– Chapuis m'a donné un nom, enchaîne Noyès. Un bijoutier, un peu receleur, près du Palais-Royal. Il nous gardera notre argent chez lui dans un coffre le temps qu'il faudra. On le paiera pour ça, évidemment. Je l'ai rencontré ici, un soir, il n'a pas l'air d'un voleur. Il est surtout discret, et ne nous posera pas trop de questions.

– Et pourquoi pas à la banque ? propose Mauro.

– Parce que le banquier, lui, te posera de nombreuses questions sur un tel magot. Et ça nous ferait remarquer. Ne vous inquiétez pas, on aura un reçu et tout sera en règle. En attendant, voilà de quoi satisfaire vos besoins quotidiens, déclare Noyès, qui attrape une poignée de louis et la fourre dans les poches de chacun d'entre eux.

– Au fait, toi, tu vas pouvoir les dépenser tout de suite. Tu as rendez-vous à dix heures chez le tailleur, lance l'abbé au jeune Mortesagne.

– Le tailleur ! mais... j'y vais tout seul ? s'inquiète-t-il. J'y connais rien, moi, aux vêtements à la mode de Paris.

– Moi non plus, réplique Noyès. Mais c'est pas compliqué, il te montrera des dessins et tu choisiras.

Mauro fait la moue, un peu sceptique. Il baisse les yeux, manifestement déçu que ses amis ne l'accompagnent pas.

– Bon, ça va, je viens avec toi, propose Thérold. On va t'élaborer une petite garde-robe parfaite. Mais après tu te débrouilleras tout seul, hein ?

Noyès s'amuse que le maître d'armes, vêtu si sobrement de cuir noir, accepte de servir de duègne à Mauro.

– Eh ! Maître ! tu lui choisis le plus beau costume possible.

Le pouce en l'air, Thérold le rassure.

– Mais je ne vais pas me marier, s'esclaffe Mauro qui dévale déjà les marches.

– Mieux que ça, mon garçon, tu vas faire ton entrée dans le grand monde.

Cette fois, Mauro et Thérold avancent côte à côte, vers l'île de la Cité. L'œil du cadet des Mortesagne frise quand il découvre ce nouveau quartier. Les vendeurs à la sauvette les sollicitent presque à chaque pas. En voici un qui propose de la limonade avec un réservoir et sa tireuse dans le dos. Thérold l'écarte gentiment, Mauro s'arrête.

– Allez, une limonade, maître, on a bu des boissons bien plus dangereuses.

Mauro commence à s'habituer à Paris, voire à l'aimer. Cette ville est une fourmilière, avec ses périls qu'il faut connaître et appréhender : il faut éviter les chaussées, et plutôt emprunter les arcades où les boutiques se succèdent. Mauro aime passer devant les cafés brillants, aux balcons desquels des bateleurs font la promotion des spectacles des théâtres environnants. Mais ce qu'il préfère, ce sont les démonstrations de l'artificier boulevard du Temple qui, pour vanter la qualité de ses feux, les fait éclater devant sa boutique. Il n'y a qu'à Paris qu'on voit des choses pareilles.

– Goûtez, goûtez, mes seigneurs, on vit plus longtemps avec ce breuvage royal, vocifère le petit vendeur en remplissant déjà leurs deux timbales.

Mauro lui glisse un sou dans la main et le jeune arnaqueur détale aussitôt en courant.

Le maître avale cul sec sa boisson, fait la grimace et crache le tout dans une gerbe monumentale.

Mauro l'imite à son tour.

– Pouah ! Mais c'est immonde ! Ça a un goût d'artichaut. Attendez, je le rattrape.

– Laisse, Mauro, il sait qu'il nous a servi de l'eau de vaisselle, sourit Thérold, tu ne le retrouveras pas. Allez viens, on va être en retard.

Après une bonne heure de marche, les voilà au 53, rue de la Barillerie, chez le sieur de Cay, maître-marchand, tailleur d'habits. On raconte à son sujet qu'il est l'un des meilleurs de la place et qu'il pourrait habiller le roi tant il sait assortir entre elles les précieuses étoffes pourtant bien différentes.

Un homme les accueille en livrée.

– Bonjour, dit Thérold, assez solennel. Nous souhaitons un habit de soirée pour ce jeune monsieur.

L'homme en livrée dévisage Mauro des pieds à la tête, la bouche pincée. Il semble douter de la qualité de « monsieur » donnée à Mauro et ne s'adresse qu'à Thérold.

– Très bien. Sachez toutefois que nos vêtements ne conviennent pas aux activités manuelles ou physiques...

– Nous y veillerons, acquiesce Thérold.

– Très bien. Sachez également qu'il faudra plusieurs semaines pour exécuter l'habit.

– Très bien, poursuit Thérold, sur le même ton mielleux, nous saurons être patients.

– Très bien, très bien. Sachez enfin, et je me dois de vous le préciser, que la maison exige le versement d'arrhes le jour de la commande.

– Très bien, très bien, sachez que ce costume pour mon neveu est d'une importance capitale, il sera porté lors d'un dîner offert en son honneur rue du Bac à Paris par Son Excellence monseigneur Bastien Ménezeau de la Gallière, confesseur de Sa Majesté, répond tout aussi sèchement Thérold, en retirant ses gants, et… c'est d'ailleurs Monseigneur qui nous envoie chez vous…

– Ah oui… ah… oui, c'est très bien, très… très bien, bredouille l'homme en livrée. Je…

– C'est « très bien » clair ? ironise Thérold.

– Oui, oui, monsieur, j'appelle tout de suite monsieur de Cay, entrez vous asseoir dans le salon bleu, la porte à droite au fond, suivez-moi.

Le ton a changé comme par magie.

Thérold est satisfait de son coup de bluff mais évite de le montrer.

Mauro apprécie la leçon. Une de plus.

Quelques instants plus tard, Monsieur de Cay se confond en excuses.

– Pardon de vous avoir fait attendre, messieurs, et merci d'avoir suivi les conseils de Monseigneur. Nous nous connaissons parce qu'il m'avait demandé à deux reprises des costumes d'apparat pour des offices au château de Versailles… je m'en souviens. Et comment se porte Son Excellence ?

– Fort bien, monsieur de Cay, fort bien. Je vous présente mon neveu, le connétable de Mortesagne qui arrive d'Aquitaine et Monseigneur, un vieil ami de la famille, l'invite à sa table pour une soirée prestigieuse, mais voilà, mon neveu le connétable revenant de guerre n'a pas le vestiaire qui convient.

– Nous allons remédier à cela. Louis-Baptiste, prenez les mesures de Monsieur de Mortesagne. Je vais vous montrer les modèles les plus en vogue à Versailles en ce moment.

Branle-bas de combat dans l'arrière-boutique. Aussitôt, le dénommé Louis-Baptiste, assisté de deux couturières, se précipite sur Mauro, mesure la largeur d'épaules, la hauteur de la culotte, du nombril au genou, la longueur du buste pour le gilet, les longueurs de bras, celle de la redingote à partir du col jusqu'à mi-cuisse... Au bout d'une demi-heure, le sieur de Cay et Mauro, sur les conseils avisés de maître Thérold, sont convenus de la confection d'un manteau de velours vert bouteille, d'une redingote en soie jaune pâle, sur une culotte légèrement plus foncée – Thérold a été précis sur le sujet –, assortie d'une chemise à jabots blanche, et poignets en dentelle de Calais. Quelques bas blancs bien sûr, et une paire de souliers à talons rouges. Mauro est stupéfait des exigences vestimentaires de son maître d'armes et il goûte pour la première fois à l'étrange sensation d'être un « monsieur », un vrai.

Thérold, sa bourse à la main, s'apprête à verser des arrhes.

– Il n'en est pas question, messieurs. Pour la confection, laissez-nous cinq jours et repassez pour le premier essayage.

On est loin des quelques semaines annoncées, jubile le maître d'armes en secret.

Mauro revêt son costume de paysan endimanché qui avait tant surpris le vendeur et reçoit avec le maître d'armes, sur le pas de la porte, les salutations d'un personnel dont toutes les têtes penchées du même côté témoignent d'un profond respect.

Une fois dans la rue, Thérold met Mauro en garde.

– La ruse, c'est comme une balle de pistolet. Tu ne peux pas utiliser deux fois la même.

– Ah oui ! Mais là, vous m'avez épaté, maître. Moi-même, j'y ai cru un moment. Et en plus vous avez une sacrée science du costume. Je n'en reviens pas !

– Ma mère était couturière et mon père vendait des tissus sur les marchés de Sarlat et des alentours, relate Thérold. Toute mon enfance, j'ai joué avec des boutons et des aiguilles. Plus tard, je les ai préférées plus grandes et l'épée est devenue mon instrument de travail, au grand regret de mon père.

15

– Arrête de gesticuler comme ça, tu me donnes le tournis ! grommelle l'abbé à Mauro, qui ne cesse de passer d'un côté à l'autre pour regarder défiler Paris.

Mauro n'a pas fini d'apprécier la capitale, toujours aux aguets, les yeux baladeurs. Ils ont rendez-vous rue du Bac pour souper chez monseigneur Bastien Ménezeau de la Gallière. Le jeune Mortesagne, dans son agitation, froisse son habit neuf.

– Attention à tes manches, Mauro, c'est de la dentelle !

– J'ai l'impression d'être déguisé, l'abbé ! Comme si j'allais me donner en spectacle...

– Non, tu vas *assister* à un spectacle. Nuance.

À peine le fiacre est-il arrêté devant l'hôtel particulier que Mauro bondit sur le pavé. Plus prudent, Noyès, dans sa soutane d'apparat, descend posément le marchepied. Les deux complices ont fière allure. L'abbé prend le temps de transmettre ses dernières consignes à son protégé qui n'écoute qu'à moitié, tout absorbé par le ballet qui se joue à l'entrée. Un couple retient particulièrement son attention. L'homme replet et bien mis porte un couvre-chef trop grand pour sa perruque. Il semble flotter au-dessus du sol, ses jambes comme des ballons, serrées dans des bas blancs ; à son bras, une jeune femme frêle, en robe mauve, à la taille fine, soulignée par une large ceinture sertie de broderies à fleurs d'or. Une cape en satin protège ses épaules. Son pas lent cherche à masquer une légère claudication. Le couple assez peu assorti n'a pas échappé non plus à Noyès. L'accent coloré de sœur Célia accueille chacun des invités.

– Madame la baronne de Champbrun, monsieur le baron, soyez les bienvenus. Messieurs, heureux de vous revoir...

Sœur Célia fait signe à Noyès et à Mauro d'avancer dans le hall. Des laquais les libèrent de leurs manteaux. Bastien Ménezeau de la Gallière, debout, en bas de l'escalier à double révolution, salue chaque nouvel arrivant. Sœur Célia veille sur lui comme une mère.

– Bonsoir mes amis... merci d'être venus.

Son Excellence tend les mains. Le baron s'incline, la baronne fait de même, plus mesurée.

– Quel plaisir, dit-il à l'abbé et à Mauro.

Ce dernier hésite sur la façon de répondre.

Noyès le précède, exécute une génuflexion pleine de grâce. Mauro baisse la tête à son tour et s'en tire parfaitement, à sa grande surprise.

– Entrez dans le petit salon. Et appréciez un apéritif aux cerises de Dordogne. C'est ma sœur qui me l'a envoyé.

Au signal de sœur Célia, les laquais remplissent les verres en cristal. Les femmes goûtent du bout des lèvres. Le baron de Champbrun avale le sien cul sec et en réclame aussitôt un autre, crachant les noyaux dans le creux de sa main. Bien que rapide, la manœuvre n'a pas échappé à son épouse qui le tance du regard, un peu honteuse. Une fois les convives tous arrivés, Monseigneur tape dans ses mains.

– Passons à table si vous le voulez bien.

Monseigneur a faim.

Des tentures des Gobelins, représentant la vie des saints, ornent les murs de la salle à manger. Sœur Célia, assistée de deux majordomes, aide les convives à trouver leurs cartons nominatifs. Chacun se place devant sa chaise. La grande table en chêne avec ses pieds escargot attire l'œil de Mauro. Le service en porcelaine de la manufacture royale de Limoges et toutes ses fleurs colorées n'attendent plus que le ballet des plats choisis par Monseigneur. Encore debout devant leurs chaises respectives, Mauro passe en revue les invités, des hommes importants qui parlent fort, des femmes élégantes qui partagent des rires. Les redingotes peinent à cacher les embonpoints des messieurs. L'allure athlétique de Mauro, certainement le plus jeune de l'assemblée, et son costume parfaitement taillé s'intègrent très bien au tableau de cette noblesse parisienne, se dit Noyès. Mauro, de son côté, s'étonne encore d'être ici parmi eux. Monseigneur les invite à s'asseoir. Il prend place en premier.

– Ce soir, permettez-moi de mettre à l'honneur « ma » Dordogne, une région si chère à mon cœur, là où la foi m'est venue, mais aussi l'appétit...

Des rires obséquieux fusent de l'assemblée tout acquise.

– ... j'ai demandé à sœur Célia de préparer pour l'occasion un repas exclusivement périgourdin. Velouté de truffe pour débuter, carpes farcies au foie gras, brochets aux lardons et omelettes à l'oseille...

Des « ah » d'admiration ponctuent l'énoncé du menu.

– Attendez, attendez, ce ne sont que les entrées ! En plat de résistance, lièvre en cabessal et enchaud truffé.

Bastien Ménezeau de la Gallière marque une pause, comme s'il digérait, la main sur l'estomac.

– Quand je pense que sœur Célia ne met jamais de gras dans mon bouillon... mais ce soir, l'ordre des auxiliaires du Purgatoire vous gâte, mes chers amis ! glisse-t-il, d'un air moqueur, à l'adresse de deux jeunes sœurs qui ont assisté sœur Célia en cuisine. Pour le dessert, je vous réserve une petite surprise. Que le bon appétit vous accompagne !

L'énoncé de tous ces plats, qu'il n'a jamais eu l'occasion de déguster chez lui, fait saliver d'avance le jeune Mortesagne, toujours debout, prêt à s'asseoir.

– Ferme ta bouche, on dirait le roi devant la Pompadour, brocarde Noyès.

– Monsieur l'abbé, vous ne croyez pas si bien dire, précise la baronne de Champbrun qui a tout entendu.

– Oh pardon, madame, veuillez excuser cette grivoiserie destinée à ce jeune homme, bafouille Noyès, confus.

Mauro, gêné, ne peut s'empêcher de rougir. Une vraie cerise de Dordogne sur pied.

– Vous êtes pardonné, s'empresse de répondre la baronne en souriant, dévoilant un sourire charmeur. Je voulais compléter votre propos avec un délicieux secret que tout Versailles connaît : la marquise de Pompadour a demandé à son pâtissier Vincent La Chapelle de créer pour le roi, toujours très amoureux, un dessert qu'elle a baptisé « Le puits d'amour ».

– Ah... je... je... je l'ignorais, madame la baronne, confesse Noyès, qui tente d'intercepter le regard de Mauro en guise d'approbation.

– Euh... euh... moi aussi je l'ignorais totalement, bafouille Mauro, généralement plus à l'aise.

– Asseyons-nous, messieurs, propose la baronne, installée entre les deux hommes et voyant le signal donné par Monseigneur à tous les convives.

– Vous êtes aussi de Dordogne ? demande-t-elle à Mauro, qui acquiesce aussitôt. Vous de même ?

– Oui, oui, madame. Nous venons de Sarlat. Nous sommes ici depuis peu.

– Je connais votre pays. J'y suis allée plusieurs fois à l'invitation de ma belle-sœur, Hortense de Champbrun. Cette région est si bien pourvue ! Il y a là-bas tout ce que la nature peut offrir. Des forêts, des rivières larges et sinueuses, des vallons, du gibier, au point que la sœur de mon mari ne vient plus jamais à Paris.

Au nom d'Hortense de Champbrun, les deux compères se lancent un regard complice et furtif. Ils se souviennent bien de la jeune femme, rencontrée lors des fêtes galantes au castel du vicomte Possoles de Meynac. Il n'est pas sûr qu'elle ait raconté à la baronne que, en plus d'une région « bien pourvue », on y trouve de jeunes gens tout aussi bien « pourvus ».

À l'évocation de si bons moments, Mauro accorde une attention de plus en plus soutenue à sa voisine, dont le visage, les épaules nues et le décolleté habité arrivent à lui faire presque oublier la qualité des plats proposés.

Noyès, en parfait guide touristique, s'applique à vanter la région à la baronne à travers les exploits professionnels de l'intendant Mortesagne, son voisin de table. Après tout, telle est sa mission.

Le numéro des deux compères est manifestement bien rodé. Une soirée comme celle-ci, empreinte de retenue, est surtout une délicieuse bataille de médisances colportées par un humour si possible ravageur. Madame la baronne de Champbrun n'est pas la plus mauvaise à ce petit jeu et se régale de ce genre d'agapes mondaines.

– Vous savez, mes amis, ma région me manque tellement que ce repas est comme un voyage dans un pays où je n'ai que de merveilleux souvenirs.

– Ah... Excellence, vous voyagez en nostalgie, s'amuse le baron, c'est déjà bien ! Moi, tous les déplacements me font souffrir. Je ne voyage plus aujourd'hui qu'en « lombalgie » !

Son Excellence glousse de plaisir au bon mot de son ami. La tablée suit.

– Mais alors, s'inquiète-t-il, comment faites-vous pour gérer vos terres de Bourgogne ?

– Je n'y vais plus qu'une fois par trimestre, confesse le baron. À mon grand désarroi. C'est mon notaire qui s'occupe de l'ensemble depuis Paris.

– C'est risqué, mon ami. Il faut aller sur place, corrige Monseigneur. Sinon, il y a toujours du relâchement. Souvent des mensonges. Et parfois même des vols. Regardez autour de vous. Que des hommes qui plaident pour la vigilance. C'est l'élite de la Dordogne. Monsieur, là, à votre droite, produit les meilleurs canards du royaume. Même le roi mange ses bêtes. Et ici cet homme exporte nos vins jusqu'en Angleterre. Et là-bas, juste à côté de votre épouse, ce jeune homme a doublé le rendement des fermes du vicomte Possoles de Meynac, le mari de ma nièce Aléïde. Eh bien... tous vivent sur place ou, sinon, ont un intendant qui y consacre tout son temps.

Le baron de Champbrun écarquille les yeux, pousse des cris pleins d'étonnement, et semble impressionné par la qualité de la démonstration.

À la fin du repas, Son Excellence et quelques convives se rendent dans la bibliothèque conjointe où l'on a servi de vieux armagnacs. Il entraîne Noyès et Mauro et présente ce dernier au baron.

– Voici le sauveur de Meynac, cher baron.

– Sauvé, dites-vous ? Mais pourquoi ? Ses terres étaient-elles en danger ?

Mauro, qui a passé plusieurs heures à écouter les leçons de Noyès, se lance dans un plaidoyer détaillé sur la polyculture. Le timbre rauque de sa voix emporte l'adhésion de son auditoire.

– Ne jamais laisser trop longtemps une terre s'épuiser dans une seule et même production. Il faut alterner, reposer et changer encore.

Il enchaîne sur l'élevage d'animaux qui méritent une attention « savante » et précise.

– J'ai avec moi des maîtres arboriculteurs, recrutés en Espagne et des éleveurs qui ont exercé dans les vastes plaines des Provinces-Unies.

Impressionnant... mais totalement faux. Peu importe,

le baron, qui ne bouge plus depuis longtemps, ne vérifiera jamais.

– Il faudra m'expliquer ça, jeune homme. Mais en tout cas, j'ai bien compris que pour avancer il faut inventer l'avenir ! Attendez, attendez, ça va intéresser ma femme, je l'appelle...

Le baron fait signe à Marthe de Champbrun, restée dans le salon voisin.

Son Excellence regarde Noyès et Mauro qui comprennent une fois de plus que les puissants savent être écoutés et que la stratégie de leur hôte est la bonne.

– Madame, dit le baron, je vous présente ce jeune homme. Il est professeur du bon hectare.

– Ah oui, du bon *nectar* !

On rit au bon mot.

– J'ai déjà fait connaissance de monsieur à table, indique la baronne. Mais j'ignorais son nom de guerre, « professeur du bon hectare »... il faudra le présenter à Eudes.

Noyès se penche.

– Eudes est un parent ?

– Non, Eudes Rebertin, notre notaire, notre chargé d'affaires, l'ami de mon mari, un homme de toute confiance. Il sera ravi d'entendre les conseils de ce jeune... euh... comment vous appelez-vous, déjà ?

– Mauro Mortesagne, pour vous servir, madame. Et je suis à votre disposition pour rencontrer votre notaire, monsieur le baron, précise-t-il en se tournant vers lui.

– Parfait. J'aurai besoin de votre expertise. Vous connaissez la Bourgogne ?

– Non, monsieur, pas encore.

– Parfait. Vous aurez ainsi un œil neuf.

Soudain un groupe de musiciens fait entendre les premières mesures d'un air du folklore périgourdin.

À la tête du trio, un vielleux qui pratique cet instrument depuis de longues années.

– Voici Baptiste et ses deux frères. Sa famille a enchanté mon enfance. Ils sont venus pour vous de leur lointaine province, informe Monseigneur, un sourire ravi aux lèvres, une main contre son estomac rassasié.

Le concert de musique des champs, tel qu'on l'entendait chez eux en été, rappelle des souvenirs heureux à Noyès et à Mauro, qui se retrouvent d'un seul coup transportés au village.

La soirée se prolonge fort tard.

Son Excellence Bastien Ménezeau de la Gallière demande à Mauro de le tenir informé de son futur entretien avec le baron de Champbrun.

– Donnez votre adresse à sœur Célia, elle fera suivre. Je donne trois jours à Champbrun pour vous contacter.

– À bientôt, monsieur, salue la baronne en direction de Mauro.

– Il me tarde, madame.

16

– Ah ! Monsieur de Mortesagne… Vous tombez bien ! Permettez-moi de vous présenter Eudes Rebertin.

Mauro, deux jours après le dîner, est reçu dans le salon de travail de l'hôtel particulier du baron de Champbrun. Sœur Célia a été persuasive. Les délais ont été respectés. La demeure est moins fastueuse que celle de Son Excellence Bastien Ménezeau de la Gallière, mais aménagée avec beaucoup de goût dans le quartier des Tuileries. Le baron se tient proche d'une commode sauteuse en bronze et d'un fauteuil cabriolet grège. L'hôtel en U accueille le baron et son épouse dans l'aile gauche, et un corsetier du roi dans l'aile droite. Eudes Rebertin, la quarantaine, homme de confiance, se tient debout, près du baron, en pantalon de serge à carreaux beige, veste cintrée, une pipe à la main. Les tapis à motifs floraux masquent le bruit des bottes de Mauro.

– « De » Mortesagne ? Oh, monsieur le baron, Mortesagne suffira. Y a pas de nobles dans ma famille.

– Pour l'instant, jeune homme, pour l'instant, plaisante le baron. Tout arrive, vous savez... regardez !

Et il se tape sur la poitrine, ce qui provoque une violente toux qui lui fait immédiatement regretter son geste.

Noble, certes, mais fragile des bronches, note Mauro.

– Eudes Rebertin, enchanté.

Le notaire et homme de confiance de Champbrun ne bouge pas et observe, par-dessus sa pipe, l'allure de ce « gamin » dont le baron ne cesse de lui parler depuis quelques jours. Il n'aime guère l'arrivée de ce coquin dans l'entourage de son vieux baron.

Eudes Rebertin est né près du Loir, monté à Paris plein d'espoir il y a une dizaine d'années, avec un diplôme en poche et des idées traditionnelles bien ancrées. Son désir de gagner rapidement de l'argent correspondait à celui du baron, noble de fraîche date, en raison d'une carrière militaire exemplaire. Le baron, peu lettré, a trouvé en Eudes le fils qu'il n'a jamais eu. Leur complicité s'est installée naturellement. De son côté, Eudes a vite compris son intérêt : un baron âgé, souvent débordé, qui lui fait entièrement confiance, des sommes coquettes à répartir comme bon lui semble, d'immenses terres à administrer, sans avoir vraiment de comptes à rendre à ce père d'adoption qui a simplement besoin que l'argent rentre sans vérifier plus avant s'il n'en gagne pas plus qu'on le lui dit.

De quoi permettre à Eudes Rebertin de détourner sans scrupule de coquettes sommes et d'envisager aujourd'hui d'acheter une charge de notaire à Paris à l'insu du baron lésé. Il y a bien, sur place, en Bourgogne, un de ses cousins, qui a alerté Champbrun sur les choix étranges de son notaire, concernant les terres en jachère et l'absurdité de ne pas cultiver la pomme de terre qui se vend si bien aux puissants comme aux manants. À la suite de ces remarques, le baron s'est inquiété mollement et demande aujourd'hui pour la première fois des explications à son homme de confiance.

– On pourrait gagner plus d'argent d'après ce que dit mon cousin, non ?

– Certes, monsieur le baron, j'ai d'ailleurs fait établir des devis sur la jachère et sur la pomme de terre. Vous connaissez mon credo : des devis justes pour des récoltes justes ! Et là, je n'ai pas mon compte. N'ayez crainte, je suis de près cette affaire, vous vous en doutez bien, et selon vos préceptes, monsieur, je reste extrêmement prudent.

En réalité, Eudes a diminué le rendement de certaines productions des terres du baron en les mettant en jachère. Il favorise ainsi celles de son voisin le chevalier de Roch, qui a grassement rémunéré le notaire malhonnête. Le danger d'être démasqué par le jeune Mortesagne inquiète Eudes désormais. Il tire plus fort sur sa pipe.

– Tenez, Mauro, un exemple : regardez ce devis d'ensemençage des pommes de terre. Faut-il que je signe là ou pas ?

Mauro a compris le défi. Il s'applique. Le baron garde les yeux rivés sur Mauro qui lit à haute voix le devis.

Eudes bourre sa pipe pour se donner une contenance, un œil sur le jeune Périgourdin.

– C'est tout ? s'étonne Mauro. Mais où sont les perspectives de rendements ? Et puis, d'où viennent ces semences ? Parce que c'est comme ça qu'on connaît leur qualité ! Elles viennent du Pérou ? de Guyenne ? Ce n'est pas très précis. J'ai des réserves sur ce genre de devis, monsieur le baron.

Mauro est plus intendant que jamais, la voix déterminée, le sourcil droit, le regard concentré, tentant de caler sa mèche derrière l'oreille.

Cette théorie impressionne le baron qui se tourne vers Eudes.

– Eudes... Eudes... vous savez qui sont ces gens qui ont établi ces devis ?

Le notaire reste désespérément muet. Pareil à l'enfant dont le dessert disparaît sous ses yeux.

– Mon bon Eudes, il faut absolument s'assurer de la provenance du produit ! s'insurge le baron, d'une tape sur les accoudoirs de son fauteuil. Sinon nous aurons de mauvaises surprises ! Qu'en pensez-vous, Mauro ?

– Si j'étais vous, j'irais voir sur place. C'est difficile

de juger à distance. La terre, il faut la voir, la sentir, presque la goûter, s'exclame Mauro, l'air pénétré d'un Sganarelle improvisé.

Le baron apprécie ce discours. Mauro en rajoute :

– Il n'y a pas que les chiffres dans la vie, monsieur le baron. Les chiffres, les chiffres, bien sûr, mais il y aussi le contact, le...

À cet instant, la baronne pénètre dans le salon de travail.

– Oh ! Pardon, mon cher ! Je ne savais pas que vous étiez en rendez-vous. Je ne veux pas vous déranger.

Elle tient une tasse à la main et s'apprête à tourner les talons. Sur ses épaules, un châle de laine rouge rehausse la blancheur de son teint. Mauro note qu'elle boite plus qu'au souper donné chez Monseigneur.

– Marthe, vous tombez bien, entrez, je vous en prie !

– Je vois, mon ami, que vous êtes en bonne compagnie, ajoute-t-elle, lançant une œillade à Mauro.

Eudes s'empresse de la saluer d'un baisemain obséquieux. Mauro prend son temps, puis la salue à son tour. Dans les yeux de la baronne, il a cru voir une intention. Un éclat qu'elle n'avait pas révélé quand il avait dîné à ses côtés. Le coton de sa manche bouffante effleure son bras.

– Je ne vous dérange pas plus. Je m'en vais retrouver la marquise pour préparer ses malles. Elle rejoint ce jour son château de Ménars, murmure-t-elle. Je repasserai vous dire au revoir.

– Filez, ma belle. La marquise vous aime aussi pour votre ponctualité. Revenons à notre Bourgogne, monsieur Mortesagne. Que diriez-vous de m'accompagner sur mes terres pour « juger sur pièce » et « sur place », comme vous dites ?

– J'en serais ravi, monsieur le baron. Je voudrais saluer la prudence légitime de Monsieur Rebertin. Et surtout, ne pas empiéter sur les attributions de votre notaire...

– Non, non, votre souhait vous honore, Mauro. Mais Eudes a tellement de travail à Paris, avec la mise en œuvre de la distillerie que je fais construire dans les halles de Bercy, ça va plutôt le soulager, n'est-ce pas, Eudes ?

– Oui, monsieur le baron, c'est tout à fait vrai. Et Monsieur Mortesagne me semble parfaitement indiqué pour évaluer nos méthodes et apprécier nos besoins futurs.

– Merci, monsieur Rebertin, mais vous pouvez m'appeler Mauro.

– Mais je n'y manquerai pas, monsieur Mortesagne.

Un vrai bal des hypocrites, où chacun mène sa propre danse, se joue entre ces deux hommes. En tout cas, Mauro a compris et sait désormais dans quel camp classer cet aimable Eudes Rebertin. Il s'incline, remet son chapeau et s'apprête à quitter la pièce. Le baron le rattrape par le bras.

– Pouvez-vous être disponible d'ici une semaine,

le temps n'est pas le plus clément en hiver. Profitons que la terre se repose pour prendre les bonnes décisions.

– Je suis disponible dès que vous le souhaitez, monsieur le baron, et merci de m'accorder votre confiance.

Madame de Champbrun, cette fois en costume de voyage, rehaussé d'une broche en plumes au revers de sa veste lie-de-vin et entourée de trois grosses malles à ses pieds, vient saluer son mari et ses hôtes. Elle semble particulièrement enjouée.

– Qu'est-ce donc que vous tenez là entre vos mains ? On croirait que vous portez le saint chrême ! s'esclaffe son époux.

– Regardez, mon ami, comme l'anniversaire de la marquise est dans deux jours, le 29 décembre, je compte lui offrir cette magnifique bague en strass. Qu'en pensez-vous ? C'est une nouveauté. N'est-elle pas merveilleuse ? Grâce à la marquise, ce bijou va devenir à la mode à Versailles, j'en suis sûre !

– Votre bon cœur va vous coûter une fortune, ma douce !

– Mais non, c'est un bijou de jour, peu onéreux, une légère fantaisie, c'est du verre au plomb et ça brille comme un véritable diamant. Les péronnelles de la cour vont baver de jalousie, la marquise va adorer... et le roi en rire ! Je crois que c'est le bon choix, non ?

– Ah oui, en ce sens, madame, c'est une bonne stratégie,

répond le baron, admiratif des découvertes de sa chère épouse. Bon voyage, très chère.

– Au revoir, mon ami, au revoir, monsieur Mortesagne. Mon petit Eudes, pouvez-vous aider à charger le fiacre. Tout ce vestiaire est fort lourd !

Le roi, la marquise, Versailles... Mauro a beau débarquer de sa campagne, il a deviné de qui l'on parlait et ose une question.

– Madame la baronne est une amie de Madame la marquise de Pompadour, elle a beaucoup de chance, insiste-t-il.

– C'est une précieuse rencontre mais ce n'est point une amie. Marthe est la dame de compagnie de la marquise et l'assiste dans ses tâches domestiques et administratives. Étant la confidente du roi, Madame de Pompadour a une influence sur de nombreuses affaires du royaume, se rengorge le baron, et Marthe est d'une fidélité et d'une discrétion inestimables pour une personnalité de ce rang.

– Oui, je suis sûr que Madame la baronne s'acquitte fort bien de ces tâches.

Mauro savoure déjà la manière qu'il aura d'épater ses trois compères avec ce qu'il vient d'apprendre.

17

– La marquise de Pompadour ?!?!

Au fond de l'auberge-cabaret de la Pomme de Pin, vide à cette heure matinale, dans les effluves de vin cuit et de tabac froid de la veille, Willibert manque de tomber de son tabouret. Mado nettoie les sols à grands coups de seaux d'eau pas bien claire. Mauro imperturbable, debout, devant Noyès, Thérold et son frère, raconte, sans omettre de détail, son entrevue avec le baron de Champbrun. Devant lui, sur la table, il a déposé en les récupérant à droite et à gauche, une casserole, un balai et une grande cuillère en bois pour mimer le chapeau de la baronne, la canne du baron et la pipe du notaire. De quoi amuser Mado, sans vraiment rassurer ses complices.

– Oui ! La marquise, messieurs ! Vous vous rendez compte ! La baronne qui me regardait comme ça... avec son chapeau sur le côté...

Mauro incline la casserole et roule des yeux.

– ... eh bien, elle est la dame de compagnie de la Pompadour. Rien que ça ! Et parfois, elle entre dans une chambre que le roi lui-même vient tout juste de quitter... c'est ça la baronne de Champbrun, c'est fou, non ?

– Oui, oui, c'est sûr elle connaît du beau monde, réplique Noyès, cette femme pourrait nous être utile, à la seule condition de rester discrets et bien à notre place. Hein, mon garçon ! Pas d'initiative de hussard avec elle, d'accord ? Ce n'est pas une fille de ferme. Sois prudent.

– Ne vous inquiétez pas, l'abbé, sourit-il, tout mielleux. J'ai suivi vos conseils à la lettre. Je suis resté humble et serviable.

– Avec ces gens-là, il faut rester sur ses gardes, renchérit le maître d'armes. Je te l'ai toujours dit.

– Oui ! Je sais, mais quand même... c'est une bonne nouvelle, non ?

– Une excellente nouvelle !, s'exclame Willibert, y en a une autre, ne l'oublions pas, c'est que Mauro s'est glissé dans les petits papiers du baron. Tu vas l'accompagner sur ses terres ! Bien joué, mon petit frère !

Au même instant, à la porte du cabaret, trois coups puissants font trembler les murs.

Noyès jette un coup d'œil craintif à Chapuis, derrière son comptoir.

– T'attends du monde ?

– Non, je viens d'être livré.

Les coups redoublent.

Chapuis entrouvre timidement la porte. Devant lui un cocher à la poigne de fer se tient dans l'embrasure, prêt à frapper de nouveau, arrêté par la mine de l'abbé, qui s'approche en évitant de se faire voir. L'homme parle brièvement avec Chapuis qui se retourne et lance :

– Ce monsieur veut savoir si je connais un Mauro Mortesagne.

– C'est moi-même, s'écrie Mauro, théâtral, en s'avançant vers la porte. Qui me demande ?

– Madame de Champbrun. Elle vous attend dans son fiacre.

Mauro déchante aussitôt. Madame de Champbrun ! Ici ? Mais ne devait-elle pas partir retrouver la Pompadour ? Il s'avance sur le pas de la porte et aperçoit un fiacre aux fenêtres voilées derrière le cocher, toujours sur le qui-vive. Le jeune Mortesagne s'assure que ses compagnons ne le perdent pas de vue et se dirige vers la porte entrebâillée.

Il ouvre et découvre Madame la baronne, souriante, assise sur une banquette de velours bleu marine.

– Montez, Mauro, ne craignez rien ! Dites à vos amis qu'ils ne s'inquiètent pas...

– Je reviens, fait signe Mauro à ses trois compères en la rejoignant.

Le cocher fouette son cheval et s'élance aussitôt sur les pavés graisseux. La rue est déjà encombrée en cette matinée. Willibert, protecteur, sans attendre le départ de la voiture, file jusqu'aux écuries voisines, pour suivre l'équipage.

– Je vous prie de m'excuser, je vous croyais en province, madame, d'où ma surprise.

– J'y retourne tout à l'heure, je fais un rapide aller-retour. Vous savez, la compagnie de la marquise est une charge qui nécessite une présence presque permanente, vous n'imaginez pas ce que cette femme étonnante est capable de faire pour servir son roi, et recevoir au mieux toutes celles et ceux qui cherchent à lui faire passer un message.

– Mais vous êtes seule à l'aider ?

– Oh non, que diable, nous sommes plusieurs, j'ai la fonction de surintendante, sans en avoir le titre. Deux autres jeunes femmes de chambres et des servantes officient à ses côtés pour toute la vie de la cour. Une vraie cour miniature !

Le fiacre s'arrête soudain brutalement, manquant de faire tomber la baronne à genoux. Mauro la retient par le bras et la taille. Il se surprend à accompagner son geste d'une légère étreinte. La baronne frémit.

– Pardon, madame, s'excuse immédiatement Mauro, déconcerté par son geste quelque peu familier.

– Je vous en prie, mon cocher se croit toujours sur un champ de bataille. Je vous remercie, Mauro, minaude-t-elle. Tenez, nous voilà arrivés.

En descendant, elle glisse quelques mots au cocher,

et pénètre sous le porche d'un hôtel particulier de la rue Vivienne. À l'entrée, un laquais se saisit de leurs manteaux tout en saluant la baronne, qu'il semble bien connaître.

Ils sont ensuite conduits dans un salon, où les attend un canapé à deux places en moulures de bois doré.

À l'autre extrémité, on distingue des portes décorées de fleurs que l'on a oublié de fermer.

La baronne s'assoit, déplie sa robe dont on aperçoit les multiples jupons.

– Où sommes-nous ? interroge Mauro, frappé par l'intimité de ce lieu.

Les rideaux empesés, légèrement entrouverts, invitent à la confidence.

– Nous sommes chez mon amie la duchesse de Croixmare. J'ai pensé que nous serions ici plus au calme pour discuter. J'ai quelques recommandations à vous faire pour faciliter votre séjour en Bourgogne, confie-t-elle en s'asseyant près de lui.

– J'en suis ravi, madame, le travail que m'a demandé d'effectuer votre mari est exactement ce que je sais faire.

– Tant mieux, je veux simplement vous alerter sur la déception que pourrait éprouver maître Rebertin, notre notaire, particulièrement attaché à mon mari, qui a l'habitude des missions délicates. Il ne faudrait pas qu'il vous tienne rigueur d'avoir été chargé de cette expertise sur nos terres de Bourgogne.

– Ah oui, bien sûr, je comprends, acquiesce Mauro, benoîtement. J'ai d'ailleurs expliqué à maître Rebertin que sa façon d'affronter les problèmes locaux était très sage.

– Très bien, Mauro. Néanmoins, il détesterait être exclu ; ne vous en faites pas un ennemi.

– Mais, mais... il n'y a aucune raison. Il n'a rien à cacher, je suppose.

– Oh, vous savez, on a tous nos secrets.

Elle s'approche de lui, et pose sa main sur la sienne. Une main chaude, douce et ferme à la fois.

Mauro ne bouge pas.

– Alors, pour éviter tout cela, offrez-lui quelques louis d'or, et vous aurez toute sa bienveillance. Je le connais bien.

– Ah bon, c'est un droit de passage pour bénéficier des bonnes grâces du notaire ? Une sorte d'impôt ? ose Mauro, insolent, en voyant la baronne s'approcher encore un peu plus.

– Non, Mauro...

Elle se penche, chuchote presque au creux de son oreille, frôlant le lobe du jeune Mauro de ses lèvres.

– ... c'est une garantie de tranquillité. Vous aurez ainsi l'appui d'Eudes. Voilà tout !

– Seulement quelques louis ?...

Mauro se tourne, effleure sa joue à la sienne, et cède à la tentation.

La baronne se laisse embrasser et saisit l'entrecuisse de Mauro.

Il l'attire alors vers lui et commence à défaire sa robe au rythme de son souffle haletant.

Nue, elle se plante devant lui, arrache la redingote de Mauro, son gilet et sa chemise, découvrant alors un torse large et vigoureux. Marthe fait glisser l'élégante culotte de Mauro, libérant son attribut déjà en alerte. Son sexe long et large a pris la dimension de son désir.

Madame la baronne ne peut empêcher un soupir admiratif avant de s'emparer du sexe d'une bouche largement ouverte.

Quelques minutes suffisent pour que Mauro retrouve ses réflexes et son talent de mirebalais. Il soulève la baronne et se dirige vers la pièce voisine dont la porte opportunément entrebâillée laisse apercevoir un lit prêt à l'assaut. Mauro n'attend pas et la baronne est vite emportée par un jeune homme fougueux de vingt ans son cadet.

Mais Mauro est un expert.

En variant l'intensité de ses coups de reins, il provoque gémissements et morsures de sa captive jusqu'à l'ultime soubresaut qui soulève son ventre avant qu'elle ne retombe en hurlant de jouissance.

Le silence s'installe. Mais le temps de l'apaisement est court. Comme tout bon mirebalais, Mauro est un coureur de fond habitué des longs parcours sexuels.

Il connaît la technique pour se retenir en appuyant sur la base de son sexe.

Il laisse la baronne ouvrir tranquillement les yeux, l'embrasse à nouveau, sa langue se fait caressante, et se déplace lentement sur le cou et la poitrine de l'impudique baronne.

Marthe se laisse prendre de nouveau.

Il recommence, cette fois avec délicatesse, laissant glisser ses doigts entre ses seins jusqu'à son clitoris déjà humide.

Cette femme connaît la jouissance, pense Mauro, et sait la partager.

Mauro la regarde, encore souriante et épuisée, alanguie, allongée dans le halo de ses jupons retroussés.

– Et pour cela, madame la baronne, quel est le prix à payer ? l'interroge-t-il en la contemplant de près.

– Pour ça, monsieur...

Elle reprend son souffle.

– ... pour ça, ce sera gratuit. Mais savez-vous ce que vous m'avez donné ?

– Du plaisir ?

– Oh oui ! Mais... ce sont des arrhes. J'attends le reste avec impatience.

Ils rient ensemble.

18

– Et voilà, y a le compte.

Le bijoutier-receleur Odon Lebailly se tient devant son comptoir, emmitouflé dans sa robe de chambre molletonnée. Dehors, le vent fait grincer l'enseigne en métal, marquée d'un lingot d'or. Un froid glacial règne dans sa boutique. Les louis d'or sont alignés par piles devant Mauro et le maître d'armes Thérold.

Willibert fait le guet à l'extérieur.

L'abbé, lui, est demeuré à l'auberge.

– Je vais recompter, annonce Mauro, après avoir évalué les pièces à vue d'œil.

– Si vous n'avez pas confiance, faites, bâille le joaillier.

– Oh, c'est tellement petit, ces choses-là, qu'on en oublie parfois quelques-unes, s'amuse Thérold.

– Il en manque quatre, déclare Mauro.

– Comment ça, vous êtes sûr ?

Lebailly ajuste ses lunettes.

– Recomptez, vous verrez.

L'orfèvre s'exécute, prenant son temps.

– Six cent soixante, soixante et un, soixante-deux… ah bah oui, vous avez raison… il en manque quatre…

Il scrute le fond de sa bourse.

– Ah oui, elles sont là… je les avais pas vues… excusez-moi, je suis pas bien réveillé.

– Oui, ça arrive, répond Thérold, d'un ton sec, fixant Lebailly droit dans les yeux.

– Aussi, quelle idée de venir si tôt ! Regardez, il fait pas encore jour, il fallait me prévenir, maugrée le receleur.

– Justement, nous, on préfère la surprise, comme ça, on est plus tranquilles, ajoute le maître d'armes, plus vraiment d'humeur à plaisanter.

– Ah oui, oui, certes, oui, bredouille Lebailly, qui comprend qu'avec ces hommes-là, mieux vaut savoir compter sans poser de questions.

Il replace les louis dans la bourse en cuir et serre le lacet. Mauro la dépose dans une cassette en métal, qu'il ferme à clé et qu'il range dans un sac de voyage.

– À bientôt, monsieur Lebailly, gardez le reste avec précaution. On reviendra, déclare Thérold, en signant les deux décharges que lui tend le receleur, sans omettre d'en conserver une.

Dehors, Willibert, qui faisait le guet, fait signe que tout va bien. Ils empruntent la rue Saint-Jacques-de-la-Boucherie.

Les bouchers et les colporteurs ont travaillé toute la nuit. Les copeaux de bois qui couvrent les pavés ensanglantés épargnent la chute aux passants. Les vendeurs s'agitent, prêts à récupérer leurs marchandises. Le fiacre des trois compères stationne près des entrepôts. Mauro a prévenu la baronne que Willibert apporterait à son domicile, dans la matinée, une somme destinée au notaire. À charge de la lui remettre elle-même.

À l'heure dite, Willibert dépose comme convenu le sac contenant la cassette et la clé au majordome de la baronne.

– Je suis au courant, merci, dit le majordome. Je le confie tout de suite à Madame la baronne.

Et il referme la porte.

Dans le bureau de son mari, parti chassé en forêt de Compiègne, la baronne de Champbrun et le notaire Eudes Rebertin réceptionnent le précieux sac :

– Six cent soixante-quatre, soixante-cinq, soixante-six…

Le notaire est surpris, ce nombre le fait tressaillir. Il trouve étrange ce compte pas rond du tout.

– Six cent soixante-six… il l'a fait exprès !

– Pourquoi donc ? interroge la baronne, qui estime, elle, cette somme tout à fait avantageuse.

– Six cent soixante-six… mais c'est le nombre… qu'on appelle le nombre du diable ! Ce n'est sûrement pas un hasard ! Il veut nous faire peur.

Il tire plusieurs fois de suite sur sa pipe.

– Arrêtez, Eudes, vous m'énervez. Qu'est-ce qu'il y a encore ? On a l'argent. Bon. Plus que prévu, même. Alors, c'est quoi votre histoire ?

– Prends garde, Marthe, cet homme est malin. Beaucoup trop.

– Ne me tutoyez pas dans ces lieux, je vous l'ai déjà dit, un majordome pourrait nous entendre. Et si vous êtes superstitieux, je garde tout, comme ça, il ne vous arrivera rien, sourit-elle, narquoise.

– Ah, non ! Cet argent me revient ! C'est moi qui prends tous les risques. Et là nous sommes confrontés à un homme que vous avez introduit dans notre affaire. Moi, je n'en voulais pas.

– Ce n'est pas vous qui commandez, mon petit Eudes, et c'est moi qui vous ai embauché auprès du baron, moi qui ai imaginé le système qui vous a enrichi. Et en prime, je me suis offerte à vous. Et j'entends des plaintes ?

– Mais pourquoi l'avoir choisi, que signifie cette somme dont le montant n'est pas innocent, mais… dites-le… vous aimez quoi chez ce gamin ? Sa… finesse ?

– Finesse… euh… non… Quoique.

Elle repense à ses étreintes avec Mauro, sa peau, ses doigts, ses lèvres…

– Sans doute la finesse, mais il a d'autres qualités.

– Ça veut dire quoi, ça ? Et puis comment le savez-vous ?

Il se précipite sur elle, la secoue en lui tenant les bras.

– Lâchez-moi, mais vous êtes fou, ma parole ! Qui vous permet de lever la main sur moi ? hurle-t-elle.

– Vous me trahissez, je le sens, Marthe… je le vois… je ne vous laisserai pas faire. Je ne me laisserai pas faire ! s'emporte le notaire trahi. Je peux tout raconter à votre mari, il me chassera, mais je partirai avec mon argent et je serai libre ! Mais vous, vous perdrez tout ! Les honneurs de votre rang, l'argent bien sûr, et adieu la Pompadour, claironne-t-il. On dira que la baronne avait pour amant le petit notaire de son mari ! Vous entendez ? Quelle humiliation ! Quelle déchéance !

La baronne a devant elle un homme en proie au désespoir de voir sa maîtresse, sa bienfaitrice, lui échapper.

– Calmez-vous, Eudes… au lieu de me brutaliser, embrassez-moi.

Eudes se méfie des volte-face de cette femme rusée.

Elle sait le convaincre. Elle a des arguments pour cela. Il recule.

– Vous ne me roulerez pas cette fois… Réfléchissez à ce que je vous dis. Et ne me méprisez plus.

– Promis, Eudes, promis. Nous reprendrons cette discussion dans un lieu… plus approprié. Tenez, je vous laisse la totalité de la bourse.

Elle lui donne la cassette et quitte la pièce en lui souriant.

– Je crois vous avoir souvent prouvé mon attachement. Alors, à ce soir…
– Non, pas ce soir, répond sèchement Eudes.

Léon Thérold, après avoir retrouvé tous ses compagnons, les informe qu'il a rendez-vous, grâce à Chapuis leur aubergiste, avec un natif de Sarlat à qui il rend souvent quelques services. C'est un homme influent mais discret qui aurait une affaire à leur proposer.
– Qu'est-ce qu'il nous veut ? demande Mauro.
– Rencontrer des gens du pays et surtout, m'a dit Chapuis, il aurait besoin d'hommes comme nous. Mais je ne sais pas ce que cela signifie.
– Oh là ! Je t'accompagne, renchérit Willibert, toujours prudent.
– D'accord, mais reste à distance. J'ai rendez-vous au mail[1] de l'Arsenal, sous les ormes, près d'un kiosque, où se retrouvent les colporteurs du quartier. Je ne peux pas me tromper, m'a promis Chapuis.

Après plus d'une bonne heure en fiacre, Thérold une fois sur place s'assoit sur un banc à proximité du kiosque. Un homme, vêtu d'un long manteau sombre l'aborde. Il devait être là depuis un certain temps, songe le maître d'armes.

1. Une promenade.

– Vous êtes Léon Thérold ?

– Oui, à qui ai-je l'honneur ? demande-t-il en se levant. Thérold reste sur ses gardes. L'homme paraît soudain moins imposant, mais plus chaleureux.

– Simon Ladevie, je suis l'ami de Chapuis. Vous êtes de Sarlat, n'est-ce pas ?

Ladevie porte une barbe courte. Sa paupière gauche, qui tombe légèrement, le fait paraître inquiétant. Son accent gascon efface cette impression désagréable.

– Oui, j'y enseigne l'escrime depuis une dizaine d'années.

Les deux hommes marchent ensemble, évoquent des souvenirs communs, s'apprivoisent. Puis Simon Ladevie en vient à l'essentiel.

– Je suis l'adjoint du lieutenant général de police Nicolas-René Berryer, que j'ai connu quand il était magistrat. Nous avons souvent affaire à des auxiliaires comme Chapuis l'aubergiste pour obtenir des renseignements sur des malfaiteurs. Ce sont ce qu'on appelle des indicateurs, leur situation d'observateurs dans des lieux publics comme les auberges nous est d'une grande aide. Familièrement, on les surnomme nos « mouches ». Chapuis est d'ailleurs l'un des plus performants.

– Cela ne m'étonne pas.

– En ce moment, nous recherchons une dizaine d'hommes qui sévissent dans Paris, répandant sur le roi et la marquise de Pompadour des propos insultants, jugés abjects à la cour. Nous avons besoin d'hommes de votre trempe prêts à nous aider.

– Vous aider à quoi faire ?

– À les débusquer, les identifier et les arrêter. Nous ne sommes pas assez nombreux et pas assez entraînés, vous oui, je me trompe ? interroge Ladevie.

– Vous avez raison. Nous avons même à notre actif quelques beaux faits d'armes, rassure Thérold en souriant. Et nous serions rémunérés ?

– Oui, sur une caisse noire. Votre mission sera temporaire et extrêmement confidentielle. Réfléchissez, parlez-en à vos amis. Revoyons-nous, je vous expliquerai comment procéder si vous acceptez.

– Soit… on se revoit quand ?

– Ici, dans une semaine, à la tombée de la nuit, précise le policier. Content de vous avoir rencontré et d'avoir pu parler un peu du pays.

Le tout a pris une demi-heure. Cet homme sait ce qu'il veut. Cela rassure Thérold. Il rejoint Willibert qui a tout suivi de loin. Ils rentrent à pied à l'auberge.

Dans sa chambre au premier étage, la baronne tente d'évaluer la situation après son altercation avec le notaire.

Le petit Eudes, timide, maladroit en amour, et menaçant l'espace d'une dispute, l'inquiète.

Pourrait-il devenir dangereux ?

Et s'il avait raison et que Mauro était le « Malin »

dont parle Eudes ? Pourquoi cette somme de six cent soixante-six louis d'or ? Comment a-t-il pu obtenir la recommandation d'un personnage aussi important que Son Excellence Bastien Ménezeau de la Gallière ? La peur étant toujours bonne conseillère, Marthe décide d'écrire à sa belle-sœur Hortense de Champbrun.

« Ma chère Hortense, petite belle-sœur chérie, commence-t-elle. J'aimerais tellement être à vos côtés pour contempler le minois de votre petit Gaspard. Cette naissance inattendue est un miracle ! Votre mère m'a conté votre courage pendant vos couches. Je vous souhaite le repos désormais. Pourriez-vous, sans vous importuner, vous renseigner au sujet d'un intendant qui travaillait pour votre ami Possoles de Meynac ? Il se nomme Mauro Mortesagne. Ne dites pas que c'est moi qui vous le demande. Merci de votre discrétion. Je vous envoie au plus vite le trousseau de naissance de mon filleul. Je vous serre fort dans mes bras. Et mille baisers à l'enfant béni. Votre Marthe fidèle. »

Marthe de Champbrun pose sa plume, plie sa lettre, inscrit l'adresse de sa belle-sœur en Dordogne et la confie au majordome de son mari :

– Faites partir ce courrier tout de suite. Combien de jours faudra-t-il pour qu'elle arrive à destination ?

– Au plus rapide, à peine plus de six jours, madame la baronne.

Elle aura donc la réponse lorsque le baron et Mauro rentreront de Bourgogne.

Quant à Eudes, elle s'apprête à trouver une manière efficace de faire taire sa colère.

19

– Je déteste les voyages. Il fait chaud, non ? Y en a encore pour longtemps ? lance le baron au cocher.

Assis à côté de Mauro, il s'évente comme il peut.

Mauro, lui, a retiré sa redingote.

– Non, nous arrivons bientôt, monsieur le baron, on y est presque, répond le cocher, par la petite fenêtre.

Mauro se trouve assis face au baron, dans le sens opposé de la marche.

Il goûte le défilé de ce paysage qu'il ne connaît pas, les vallons et les côtes généreuses des terres de Bourgogne, aux rangées de vignes bien alignées qui disparaissent pour mieux réapparaître au gré des tournants. Tellement éloignées des terres de son Périgord aux vallées escarpées, traversées par les rivières généreuses ! Pour lui qui a si peu voyagé, ce déplacement est une aubaine et son regard celui d'un enfant.

– Cette région est magnifique, monsieur le baron.

– M'ouais, m'ouais, maugrée Champbrun, moi je n'ai

jamais vraiment aimé cet endroit, sans doute parce que je n'y ai pas vécu. C'est un héritage, une partie de ma famille y est attachée, alors j'essaie de ne pas le perdre...

Il hausse les épaules et les yeux au ciel en signe de fatalité.

Mauro se garde de commenter et apprécie l'instant.

– Et puis ça me fait un peu de vin ! En revanche, ça me rapporte peu. Mon cousin qui habite la région pense que ça n'est pas normal.

Le carrosse arrive à l'auberge des Trois Tonneaux, près de Curtil-Vergy, sur la côte de Nuits. Le baron compte y séjourner avec Mauro et c'est là qu'il a donné rendez-vous au métayer qui entretient ses terres. À peine installé, Mauro insiste pour se rendre sur les lieux de l'exploitation.

Le terrain est légèrement vallonné, bordé par une forêt qu'on aperçoit au loin.

– Alors, que cultivez-vous ici ? demande le baron à son métayer qui n'a pas l'habitude de le voir débarquer.

– Un peu de pommes de terre, un peu de vigne, mais pour l'instant, les terres sont en jachère.

– Mais... c'est pas le cas là-bas ! s'exclame le baron en montrant les vignes voisines.

– À qui sont ces terres ? interroge Mauro.

– À Monsieur Nolleau, le négociant de Morey-Saint-Denis. Et le chemin tout près, c'est celui qui délimite les deux propriétés.

– Ça alors ! s'étonne le baron. Là-bas, à quelques mètres, on travaille la terre, et ici on la laisse mourir !

– Euh... non, non, pas mourir, elle est en repos, précise le métayer.

– En repos... en repos... Mais celui qui repose depuis des années, c'est qu'il est mort, réplique le baron, implacable.

Mauro, toujours silencieux, se baisse pour ramasser une poignée de terre. Il la pétrit entre ses doigts, la sent et la dépose dans son sac de toile.

– Nous allons pouvoir vérifier sa qualité, mais je crois, monsieur le baron, qu'elle s'est bien reposée désormais, affirme Mauro, en regardant le métayer.

En fait, la terre n'a pas été travaillée depuis trois saisons. Et l'herbe a envahi les parcelles.

– Pour un *Champbrun*, un champ aussi… vert, c'est un comble, non ?

Le baron rit de nouveau à une blague qu'il a déjà bien usée.

Mauro sourit poliment. Il entame le tour des parcelles, un plan à la main, mesure, calcule. Le baron s'amuse de voir ce jeune homme prendre possession du problème avec une telle passion.

Cette tournée d'inspection se prolonge jusqu'à la tombée de la nuit.

De retour à l'auberge, le vieux baron, épuisé, avale rapidement une omelette et monte se mettre au lit.

Mauro, de son côté, plus malin, invite le métayer à partager son repas.

Après avoir vidé quatre pichets de marsannay, le métayer lui confie que le voisin du baron verse une rente annuelle au notaire Rebertin afin qu'il laisse en jachère une grande partie des terres. Grâce à cela, le voisin vend son vin plus cher, puisqu'il n'a plus de concurrent alentour.

– Tout le monde sait cela dans la région ! Nul ne songe à plaindre un baron riche qui vit à Paris d'être privé de ses revenus au bénéfice d'un exploitant local.

Le métayer finit même par lui avouer qu'il s'agit de la volonté du notaire pourtant responsable de la bonne tenue du patrimoine agricole du baron.

Les jours suivants, Mauro continue son enquête, évite d'accuser Eudes Rebertin devant le baron mais accumule les preuves.

Dans le carrosse qui les reconduit à Paris, il rassure le baron et le convainc qu'il suffit de reprendre la culture de la vigne pour redonner à ses terres un rendement normal.

Le baron semble convaincu par ses explications. Ce voyage qu'il redoutait lui laisse de belles perspectives.

De retour, Champbrun confirme à son épouse qu'il a trouvé en Mauro une perle, un intendant parfait pour ses terres.

– Vous auriez vu cela, ma douce ! Ce « jeune » m'a proposé de revoir toute l'exploitation. Il est bien ce garçon… Imaginez ! Nous aurons enfin des vignes qui nous rapportent. Je vais en parler à Eudes…

Loin de la rassurer, cette nouvelle froisse la baronne au plus haut point. Renoncer aux services d'Eudes Rebertin, c'est renoncer à des rentrées d'argent faciles…

Elle convoque alors Mauro sur-le-champ, chez son amie la duchesse de Croixmare.

Quand il arrive, elle serre dans sa main la réponse d'Hortense de Champbrun et scrute Mauro du regard en silence.

– Ah, madame la baronne, je suis content de vous revoir en ces lieux.

Toujours muette. Il poursuit.

– Le séjour en Bourgogne s'est transformé en véritable épopée ! Votre mari a bien fait d'y aller ! Mais j'en ai appris de bonnes.

– Moi aussi, le coupe immédiatement la baronne d'un ton sec, l'enveloppe toujours en main. J'ai reçu une lettre de ma chère Hortense de Champbrun, vous savez, ma belle-sœur, elle m'y parle de son fils, un héritier pour la famille, on n'y croyait plus !… Mais elle m'y parle aussi de vous... Je lui avais dit qu'on avait reçu et dîné avec un Périgourdin, et, manifestement, elle garde un souvenir ému à votre endroit.

– Je ne l'ai pas oubliée non plus. J'espère aussi qu'elle

a évoqué dans quelle circonstance nous nous sommes rencontrés...

– Non. Elle ne se souvient pas de l'intendant, mais plutôt du champion des meules de foin et de l'athlète des fêtes coquines.

– Ah... bien... elle n'a donc pas oublié. J'en suis ravi. C'est donc ainsi que j'ai bien connu madame votre belle-sœur...

La baronne ne relève pas l'allusion et agite la lettre sous le nez de Mauro, encore songeur.

– Possible, possible... ne détournez pas l'attention. Ma belle-sœur m'informe surtout que vous avez fui la Dordogne pour cause d'assassinat, voyez-vous. On vous recherche à Sarlat pour la mort du comte Aubri de Vuillet.

– Pardon, mais il s'agissait d'un duel. Ce n'est en aucune manière un assassinat, se justifie Mauro, sûr de son droit. D'autre part, puisque nous en sommes aux confidences aimables, je vous informe que je sais tout de vos manigances avec le notaire Rebertin, qui a asséché les terres de votre mari moyennant finances, avec sans aucun doute votre bénédiction. Je vais peut-être lui raconter ça, aussi, à votre mari, chère madame la baronne. Et lui révéler de surcroît que vous avez fait du petit notaire votre amant.

Mauro rassemble ses affaires, n'attend pas de réponse et se dirige vers la porte.

– Qu'insinuez-vous ? l'apostrophe Marthe. Eudes… mon amant ? Mais vous divaguez, Mortesagne !

– Non, je vous rapporte ce que mon frère Willibert a vu. Il ne quitte plus votre Rebertin d'une semelle depuis le premier jour où je l'ai rencontré à votre demeure. Il l'a suivi à plusieurs reprises, jusqu'ici, chez votre amie, dans votre « garçonnière », où il vous rejoint quand vous prétendez être chez la marquise. La conclusion est facile : Monsieur le baron est cocu ! Sa femme et son amant le notaire le ruinent ! Avouez que ça va lui plaire, ça, au baron, lui assène Mauro, plus déterminé et remonté que jamais.

À ces mots, elle se jette sur lui.

Mauro retient son bras et serre, serre fort. L'étreinte n'a plus rien de sensuel. Bien au contraire.

– Lâchez-moi, je vous interdis de… lui hurle-t-elle au visage.

– Vous ne m'interdirez rien !

Mauro hausse le ton :

– À votre avis, qu'est-ce qui va surprendre le plus votre mari ? Que vous le trompiez ? Ou que vous soyez une voleuse ?

– Et vous, un meurtrier ? réplique-t-elle.

– Moi, je peux prouver le contraire et je vais le faire, le moment venu. Mais vous ! J'ai désormais toutes les preuves de ce que vous êtes et de ce que vous faites. Et j'irai raconter à Eudes que je partage avec lui ce lit.

D'un geste violent, il la jette dessus.

– Sûr qu'il aimera ce détail, votre protégé !

– Vous n'avez pas le droit, se défend-elle.

– Je n'ai pas fini... Je vous laisse aussi imaginer la réaction de Madame la marquise de Pompadour quand elle apprendra que sa précieuse dame de compagnie accueille dans son lit le notaire de son mari et un paysan « meurtrier ».

Soudain, Marthe de Champbrun s'écroule, le visage entre ses mains. Elle a peur. Tremble-t-elle vraiment ou feint-elle ? Mauro hésite.

Tout l'édifice patiemment bâti par la baronne vacille. Ses plans méticuleusement établis sont découverts. Les sources de sa richesse savamment acquise, dévoilées. Les souhaits et les ambitions de la baronne n'ont jamais été aussi proches de réussir, tout comme les moyens d'y parvenir n'ont jamais été aussi près de s'effondrer.

Elle n'a pas fait tout ce chemin pour en arriver là ! Alors avec le ton de celle qui a perdu, mais forte de sa capacité à s'adapter à toutes les situations, elle demande d'une voix doucereuse en se redressant :

– Soit, que voulez-vous ?

– Dans l'immédiat, encouragez le baron à me choisir comme intendant. Renoncez à votre complicité avec le notaire. Permettez à mes amis et à moi-même d'approcher la marquise. Si ces conditions sont remplies, alors nous vous aiderons.

– À quoi donc, par exemple ?

– À résoudre le problème Eudes Rebertin. À faire en sorte que votre mari ignore tout de vos agissements sur ses terres. Et, enfin, à vous rendre encore plus indispensable auprès de la marquise. J'ai mon idée pour cela.

– Ah oui, et laquelle, monsieur ?

– Vous verrez, mais d'abord, respectez cet accord.

– Et ensuite ?

– Ensuite...

Il se penche sur elle et lui déchire ses jupons.

Merveilleuse idée, Marthe est très excitée par la perspective de terminer cet affrontement sous les draps.

Quelques jours plus tard, Mauro, ayant scellé à sa manière un pacte avec la baronne, se retrouve avec Léon Thérold assis au fond de l'auberge de Chapuis, en compagnie de l'abbé Noyès en civil et de Willibert.

Ils jouent aux cartes, et boivent des chopes de vin comme tout le monde. Mado passe de table en table et sert des grillades persillées. Les odeurs se mélangent aux cris des joueurs.

Monte sur l'estrade à côté d'eux un homme aux cheveux longs mal coiffés, vêtu d'une chemise qui fut blanche, sous un gilet de serge marron.

Il a quelques feuillets à la main et réclame le silence puis annonce d'une voix forte :

– Voici les amis une fable animale intitulée « Le cochon et la vieille truie », et il chante :

Les grands seigneurs s'avilissent,
Les financiers s'enrichissent,
Tous les Poissons s'agrandissent,
C'est le règne des vauriens ;
On épuise la finance
En bâtiments, en dépense ;
L'État tombe en décadence ;
Le roi ne met ordre à rien, rien, rien, rien

Une petite bourgeoise,
Élevée à la grivoise,
Mesurant tout à sa toise,
Fait de la cour un taudis ;
Le Roi, malgré son scrupule,
Pour elle follement brûle ;
Cette flamme ridicule
Excite dans tout Paris, ris, ris, ris.

Cette catin subalterne
Insolemment le gouverne,
Et c'est elle qui décerne
Les honneurs à prix d'argent ;
Devant l'idole tout plie,
Le courtisan s'humilie ;

Il subit cette infamie,
Et n'est que plus indigent, gent, gent, gent.

À chaque couplet, les mots sont accueillis par des rires, des cris et des applaudissements.

La contenance éventée,
La peau jaune et truitée,
Et chaque dent tachetée,
Les yeux fades, le col long,
Sans esprit, sans caractère,
L'âme vide et mercenaire ;
Le propos d'une commère,
Tout est bas chez la Poisson, son, son, son

Si dans les beautés choisies
Elle était des plus jolies,
On pardonne les folies
Quand l'objet est un bijou ;
Mais pour si mince figure
Et si sotte créature
S'attirer tant de murmure,
Chacun pense le Roi fou, fou, fou, fou.

Il est vrai que pour lui plaire
Le beau n'est pas nécessaire ;
Vintimille sut lui faire

Trouver son grouin gentil ;
On croit aussi que d'Estrade,
Si vilaine, si maussade,
Aura bientôt la passade.
Elle en a l'air tout bouffi, fi, fi, fi[1].

À la fin de la prestation, profitant du brouhaha de la salle, où on applaudit debout le « chanteur », Thérold, qui avait demandé son nom à l'aubergiste Chapuis, s'approche de lui :

– Vous êtes Frénon, l'étudiant ?

– Oui, c'est bien moi.

– Je suis imprimeur, je voudrais vous parler de vos textes, vocifère Thérold. Est-ce qu'on peut discuter dehors ? Y a trop de bruit ici !

– Oui, mais pas longtemps, je dois en chanter un autre.

– Je ne serai pas long, le rassure Thérold qui ne ment jamais.

Les deux hommes sortent de l'auberge sous le regard attentif de Chapuis.

---

1. Libelle contre la marquise de Pompadour attribué au comte de Maurepas par ses *Mémoires* apocryphes, et qui lui valut l'exil, bien que le véritable auteur fût probablement M. Pont de Veyle. Ces « poissonnades », en référence au nom de naissance de la marquise, Jeanne-Antoinette Poisson, fleurissaient à l'époque où le peuple goûtait de moins en moins les fastes de la cour.

Une fois dans la rue, Thérold se dirige vers un porche voisin où la lumière est moins vive. Il s'arrête, s'approche de Frénon pour lui parler quand Willibert surgit, saisit par-derrière les deux bras du jeune homme pendant que Mauro l'assomme avec un gourdin. Le chanteur tombe dans les bras de Thérold qui le transporte jusqu'à une charrette bâchée cachée dans la cour de Chapuis et dans laquelle il le jette sans peine.

Bien rodée, la fine équipe répète la même méthode d'enlèvement plusieurs fois dans la même soirée au sein d'autres établissements, au Tombeau Royal comme au Porcheron.

C'est là que les activistes les plus recherchés par la police de Berryer se produisent, dans des salles capables d'accueillir plus de cinq cents personnes ! Tout le peuple de Paris s'y retrouve, y compris les dames de la noblesse qui se déguisent en soubrettes pour s'encanailler avec la roture et entendre les horreurs que chantent ces pamphlétaires sur le roi et la veuve Poisson.

Pour Mauro, Noyès, Thérold et Willibert, qui ne font pas de politique, tous les moyens sont bons pour s'attirer les faveurs des grands du royaume, qu'ils ne portent pas spécialement dans leur cœur, mais qui restent les véritables maîtres du jeu en France.

Aidés par les indicateurs comme Chapuis, les fameuses « mouches », les quatre compagnons conduisent la charrette, où se trouve ligoté leur gibier, vers une écurie proche de la Bastille.

Sur place, l'adjoint au lieutenant général de police, Simon Ladevie, attend la précieuse livraison. Les activistes croupiront ensuite pendant de longs mois en prison.

Pas plus de deux mois sont nécessaires à Thérold et à ses complices pour arrêter une bonne partie de la bande. Pour les autres, les quatre compagnons utilisent un stratagème, et organisent une grande fête publique dans les catacombes.

Tous les apprentis poètes et plumitifs malfamés du royaume sont conviés à venir s'opposer au roi avec rimes et quatrains ravageurs.

Noyès n'hésite pas à les encourager. Il fait publier une affichette sur laquelle on peut lire : « La foule en furie, la foule en jury, élira le meilleur texte. Cinq cents louis d'or pour le gagnant !… Que votre prose s'impose ! »

Noyès n'est pas peu fier de ces vers de mirliton.

Ses amis ricanent.

L'invitation circule dans tous les milieux interlopes de Paris. Le soir venu, l'ambiance est festive. Certaines prestations provoquent des hourras dans le public. Noyès et Thérold y reconnaissent quelques familiers de la cour. Ils sont là par curiosité, d'autres par plaisir, pour répéter dans les salons tout ce qu'ils ont entendu.

Chapuis n'a pas oublié de fournir quelques jarres de vin. Vers le milieu de la nuit, la police du roi surgit et bloque toutes les issues. On évacue les nobles venus s'encanailler, les poètes contestataires sont cueillis un à un, pris dans les filets des hommes de Berryer, grâce à Mauro et ses compagnons. Toutefois, celui-ci n'est pas tout à fait satisfait de cette razzia :

– Qu'est-ce qu'ils font de mal, ces hommes ? Ils chantent, ils rient, ils se moquent ! Rien de plus. Je ne veux pas être un auxiliaire de la police de ce Berryer !

Noyès l'arrête immédiatement :

– Tes réflexions de vieille bigote, ça suffit ! Le curé, c'est moi, pas toi. La Pompadour d'abord, les poètes après, veux-tu ?

Mauro encaisse en silence.

Nicolas-René Berryer, le lieutenant général de police, s'attribue tout le mérite de l'arrestation des ennemis de la marquise qui d'ailleurs l'a fait nommer à ce poste pour cette raison.

Léon Thérold est tout de même reçu au Châtelet pour recueillir les félicitations du chef de la police de Louis XV qui lui propose, toujours officieusement, une mission permanente de sûreté sur tout le territoire du royaume, avec l'entière responsabilité du recrutement de ses hommes, parmi lesquels quelques anciens mousquetaires en mal d'aventures.

Le maître d'armes Léon Thérold, ravi d'avoir atteint une large part de ses objectifs, convie ses complices le soir de sa nomination. Ils boivent pour une fois plus que de coutume à l'auberge de la Pomme de Pin.

Conformément à l'accord conclu avec Mauro, la baronne de Champbrun confie alors à la marquise de Pompadour qu'elle connaît personnellement l'homme qui a permis l'arrestation des infâmes pamphlétaires et qu'elle souhaite le lui présenter.

– Je ne désespère pas qu'elle me dise oui, dit la baronne à Mauro un soir de garçonnière.

20

La nuit s'est installée. La marquise de Pompadour se tient assise face à la baronne de Champbrun dans le salon de lecture de son château de Ménars, en bord de Loire. Les tentures roses poudrées, les alcôves bleu cyan et les miroirs aux arrondis dorés servent d'écrin à l'ancienne favorite de Louis XV. Depuis quelques mois la marquise, un peu fanée, a perdu de son éclat, mais reste la confidente du roi et garde, grâce à sa vive intelligence, tous les honneurs et tous les privilèges de son titre. Les murs de mousseline orangée calment les pensées aussi tumultueuses qu'amoureuses de la propriétaire des lieux. Sur la table, au centre de la pièce, est posé un vase, de la manufacture de Sèvres qu'elle a créée avec la protection de Louis XV, rempli de jacinthes, sa fleur préférée, dont le parfum enivre les invitées de la marquise autant qu'il la rassure.

– Vous imaginez, ma chère Marthe, j'ai dû faire venir celles-ci de Hollande ! Elles ont été produites rien que pour moi ! Il y a peu, il n'en restait plus une seule en

France, et vous savez pourquoi ? Parce que tous les courtisans avaient dévalisé leur fleuriste... pour faire comme la maîtresse du roi. Heureusement, ajoute la marquise, que je n'aime pas les serins, sinon on ne s'entendrait plus à Versailles !

Elle rit à gorge déployée. Marthe en fait de même.

– Les malles sont-elles prêtes pour Versailles ?

– Oui, madame.

– Comme il me coûte de retourner à la cour, et de revoir tous ces menteurs et tricheurs me mendier des faveurs alors qu'ils sèment toutes sortes d'insultes dans mon dos. Sans oublier toutes ces pucelles en feu, le sexe en bandoulière dès qu'elles croisent le regard du roi... Sa Majesté n'est qu'un homme, après tout, je suis bien placée pour le savoir. Mais voyez-vous, Marthe, entre le roi et moi, il y a bien plus que le lien d'un mariage... il y a toutes ces années de vie qui nous préservent des commérages, et un seul escalier nous sépare véritablement...

La marquise soupire les yeux au ciel.

– Je souhaiterais vous confier une mission délicate, Marthe. Je vous sais capable de la mener à bien. Mais d'abord, entendez un secret : je ne suis plus la favorite, certes, mais le roi m'écoute, tant et tant qu'il suit même la plupart de mes précieux conseils. Surtout quand il porte sur le choix de ses « petites maîtresses », comme il aime à les appeler. Il m'a alors laissé le soin de les recruter. Je les sélectionne jeunes et vierges, et j'évite autant que possible celles de la cour. J'ai choisi de lui présenter quelques jolies bourgeoises, que j'écarte par la suite en les mariant à de beaux partis. Je suis arrivée jusqu'ici à éviter toutes les liaisons au long cours et je compte bien poursuivre en ce sens. Vous me comprenez ?

– Parfaitement, madame.

– Voilà pour le secret, Marthe. Venons-en à la mission.

La baronne, tous les sens en éveil, sait qu'elle vit un moment exceptionnel.

– Écarter les princesses de Rohan, comtesses de la Marque ou de Coislin et bien d'autres est une tâche de tous les instants quand je suis à la cour. Choisir de jeunes inconnues que l'on me recommande est une tâche plus dure encore... Soulagez-moi de ce travail, Marthe, et je saurai vous témoigner mon infinie reconnaissance. Attention, il en va de mon statut. Il ne faudra pas vous tromper. Accepteriez-vous ?

– Oui, sans hésiter, madame, répond la baronne, honorée et ravie. Je suis à votre service. Vous êtes ma raison d'être...

– N'exagérez pas, ma petite Marthe, vous avez une vie, un mari, certes plus tout jeune, mais tout ne doit pas tourner autour de ma personne.

Marthe se lève :

– Détrompez-vous, madame, mon temps vous est entièrement consacré. Mes joies sont liées aux vôtres et vos peines sont déjà miennes.

– Asseyez-vous, Marthe, mon petit, vous êtes délicieuse. Alors soit, je vous crois…

En réalité, la marquise n'en attendait pas moins de sa dame de compagnie.

– Pour le détail, nous verrons cela ensemble, je vous ferai le portrait de la jeune fille idéale susceptible de plaire à notre bon roi et vous organiserez chez vous, rue du Bac, quelques dîners pour tester leurs capacités à charmer Sa Majesté le temps de quelques nuits, pas plus. D'autre part, je comptais recevoir, pour le remercier, ce jeune homme que vous connaissez et qui a contribué à faire arrêter les auteurs des chansons injurieuses. Comment se nomme-t-il déjà ?

– Mauro Mortesagne, madame, il devrait devenir l'intendant de mon mari.

– Il m'a sauvée, vous savez. Ils étaient quatorze en tout, précise la marquise.

– Mauro est un garçon précieux, madame, il est consciencieux, courageux, et...

– Et ?…

Marthe hésite.

– Et… et… il a soulagé mon mari.

– Soulagé ? Dans quel sens l'entendez-vous ? Soulagé, en s'occupant de votre personne ?

La marquise sourit. Elle ne dédaigne pas dans le privé d'utiliser un langage franc ou de faire des allusions grivoises que certains trouvent souvent vulgaires.

– Je l'entends, confie Marthe, au sens où... c'est vrai... il est également... beau et ardent. Tout simplement.

– Ardent ? Quel joli mot. Je saisis très bien ce que vous voulez dire. Remarquez, je me suis demandé si votre vieux mari vous emmenait souvent à la « kermesse de la fesse ».

La marquise éclate de rire à ses audaces verbales. Marthe, encouragée, fait de même.

– Je ne connaissais pas cette expression, madame, concède-t-elle.

– C'est une de celles que l'on utilisait chez les Poisson, mon élégante famille d'origine. Mais je l'ai rarement entendue à la cour. Bon, moi-même, je dois bien l'avouer, je n'ai pas toujours la vitalité qu'on me prête. Le roi s'en est amusé d'ailleurs. J'aime les œillades, les caresses, mais un peu moins la kermesse...

– Alors, madame, pour être franche et puisque nous sommes seules, le baron mon mari m'a rarement emmenée à cette fête-là. Et pourtant... j'aime m'y promener.

Les deux femmes que l'aveu de leurs amours respectives rapproche un peu plus ce soir-là n'arrivent plus à freiner leurs fous rires.

– Me voilà rassurée, Marthe, à votre sujet. Si ce Mauro vous plaît, c'est une raison supplémentaire de le rencontrer. Et puis, je vous approuve : faites envie ! Servez-vous de cette fantaisie, de cette beauté qui vous vont à ravir. Toute femme qui dispose de pareils atouts se doit d'en abuser. Regardez, moi, me voilà marquise de Pompadour et duchesse de Ménars. Qui aurait songé à cela il y a vingt ans ?

– Je vous promets de m'y employer, madame… mais on approche des onze heures, permettez-moi de me retirer, je dois convoyer vos bagages à Versailles et il se fait tard. J'ai entendu le carrosse de remise entrer dans la cour. Je vous retrouve dans trois jours auprès de notre bon roi, madame.

– Bon voyage, chère Marthe, et merci de votre douce compagnie. Gardez pour vous ce bouquet de jacinthes.

– Merci, madame.

Elle salue respectueusement la marquise et descend en courant, des jacinthes plein les bras, pour vérifier si les bagages sont prêts.

Un homme, de dos, attend devant le carrosse en pleine discussion avec le cocher. En l'entendant arriver, il se retourne.

– Mauro ? Mais qu'est-ce que vous faites ici ? gronde la baronne.

– Moins fort, dit-il, en l'emmenant à l'écart.

Il la maintient par les épaules, la rassure tout en lui expliquant qu'elle doit patienter, ici, dans la salle d'armes du château quelques heures.

– Quelques heures !

– Oui, mais surtout ne bougez pas. N'ayez crainte. Vous êtes en sécurité.

Elle s'étonne, tente d'apostropher Mauro qui court déjà vers le carrosse, où l'attendent Léon Thérold et Willibert. Le cocher et un autre homme armé prennent les rênes, direction Paris.

Noyès reste, lui, aux côtés de Marthe pour lui révéler ce qui se trame.

À moins d'une lieue de Ménars, au même instant, au cœur d'un bois clairsemé, on distingue un fiacre embourbé, au milieu de la route. Un passager agite une faible lanterne en signe de détresse.

Alors que le carrosse de la baronne s'immobilise à bonne distance du fiacre, deux hommes s'élancent et menacent les cochers.

– Descendez ! crient-ils. Ouvrez la porte, faites sortir la baronne !

Les deux cochers du carrosse n'obéissent pas et tirent au pistolet sur leurs assaillants. L'un d'eux s'écroule au sol. Ils sont vite rejoints par un troisième homme.

Au même moment, Mauro, Willibert et Thérold surgissent, épée à la main, et engagent un combat féroce contre les deux survivants. Malgré le peu de luminosité, puisque le combat se déroule à la lueur des lanternes de chacune des voitures, Mauro et Willibert n'ont aucune difficulté à reconnaître le dernier arrivant, qui n'est autre qu'Eudes Rebertin, armé d'un pistolet qu'il ne tient pas longtemps : une balle tirée par le cocher le touche immédiatement à l'épaule gauche. Eudes sort alors son épée et commence à braver Mauro. De son côté, le dernier assaillant ne résiste pas longtemps face au maître d'armes et à l'ancien soldat Willibert.

Eudes Rebertin ne comprend rien à la situation, il hurle :

– Où est-elle ?

Il tente dans un geste désespéré de ramasser son pistolet.

Mauro l'en empêche et pointe son épée sur sa jugulaire.

– Qui ça ? Môssieur Rebertin ? demande-t-il, d'un air sentencieux.

– Toi, le paysan, tu vas le payer, le menace Eudes en tentant de repousser l'épée.

Mauro n'attend pas et lui enfonce sa lame jusqu'au fond de la gorge.

Bilan du combat : les trois assaillants, dont le notaire, gisent sur la route. Un cocher est blessé au ventre et Willibert légèrement à la cuisse.

– Allez, on ramène tout le monde au château de Ménars. Mets un linge sur la plaie du cocher. En voiture ! proclame Thérold.

Quand ils regagnent les écuries du château, Noyès a largement eu le temps d'informer la baronne du plan et de l'attaque d'Eudes Rebertin accompagné de ses deux spadassins embauchés pour venir jusqu'ici, dans le Blésois, afin de l'assassiner en pleine nuit sur la route de Paris. Les jours précédant l'attaque, Willibert, qui avait continué à suivre le notaire, avait découvert le projet d'Eudes. Il ne restait plus aux compagnons de Mauro qu'à prévenir la baronne du danger et à prendre sa place dans le carrosse.

Marthe, dans l'intervalle, n'a pas alerté le personnel de la marquise à propos de son départ retardé. Le coucher de Madame de Pompadour s'est déroulé sans encombre. Il sera grand temps plus tard de lui conter ce léger contretemps, songe Mauro, qui se charge lui-même d'annoncer à Marthe qu'Eudes Rebertin a été tué et qu'elle est désormais en sécurité. À ses mots, émue, la baronne pose sa main sur sa joue qu'elle caresse, puis sanglote dans son cou.

21

Dans le carrosse de la baronne, sur le chemin du retour vers Paris, Mauro s'est assoupi après cette soirée pour le moins « mouvementée ». Marthe, au contraire, peine à trouver le sommeil. Les bruits de la nuit bercent ses songes et ses craintes. C'est sur cette même route qu'elle aurait dû être assassinée. Cette pensée la fait frissonner, l'obsède, l'empêche même de fermer l'œil. Comment diable Eudes a-t-il pu en arriver à ce geste extrême ? Marthe admire Mauro, ses cheveux clairs, sa peau mordorée, ses longues jambes, ses mains puissantes. Un mélange d'élégance et de brutalité. Plus elle côtoie ce jeune homme, plus elle doit reconnaître qu'il ne la laisse pas indifférente. Néanmoins, elle reste sur ses gardes. Ce garçon ne fait rien par hasard.

Arrivée à Paris au petit matin, la baronne partage une brève collation avec Mauro dans ses cuisines et monte se changer avant de partir pour Versailles.

À l'étage, elle vérifie que son mari dort encore, et regagne sa chambre au bout d'un long couloir.

Sur l'oreiller de son lit se trouve une lettre dont elle reconnaît l'écriture, celle d'Hortense de Champbrun, sa belle-sœur qui vit en Dordogne. Hortense donne des nouvelles de son filleul Gaspard, et lui renouvelle son invitation à venir passer quelques jours au pays. Après lui avoir raconté les dernières rumeurs de la noblesse locale, et ses projets de fêtes pour les semaines à venir, elle annonce le décès accidentel d'un Mortesagne, le père du jeune Mauro, au sujet duquel elles avaient échangé récemment.

Le vicomte Possoles de Meynac a l'habitude, écrit-elle, d'utiliser une partie de ses terres pour expérimenter la puissance des canons qu'il fabrique dans les forges de Savignac-Lédrier qu'il a enfin pu acquérir. Le père Mortesagne, l'un de ses métayers, sommeillait dans une prairie voisine à côté de son troupeau, lorsqu'il a reçu un boulet qui l'a écrasé, ainsi que la moitié de ses bêtes. Tout Sarlat ne parle que de cela.

Aussitôt, Marthe dévale les escaliers pour en informer le jeune Mortesagne.

– Mauro, Mauro, votre père, il est arrivé un malheur.

– Quoi, mon père ? Quoi ?

Elle tend la lettre, Mauro la lit, puis la froisse, plein de rage.

– Pardon... madame... je... je... je dois m'en aller,

je vais prévenir mon frère Willibert. Merci, Marthe, murmure-t-il, ému.

Il s'incline et rejoint ses amis à l'auberge de la Pomme de Pin.

À l'annonce de cette mauvaise nouvelle, son frère et ses compagnons qui connaissaient bien Baudry Mortesagne sont effondrés. Mauro pleure désormais, sans se cacher. Le soir même, il décide de rejoindre la Dordogne.

Le clocher de la cathédrale Saint-Sacerdos de Sarlat se rapproche nettement désormais.

Voilà neuf jours que Mauro et ses amis galopent sans s'arrêter, sans réfléchir. Ils tentent de gagner au plus vite le village de Saint-Cyprien où est réunie la famille Mortesagne pour l'enterrement.

Les quatre hommes reviennent dans des circonstances tragiques sur une terre qu'ils ont dû fuir. L'émotion est vive. Aucun ne parle. Il y a dix mois, là, sur ces terres, Mauro était accusé d'avoir tué l'un des nobles les plus influents de la région et ses trois compagnons étaient considérés comme complices pour l'avoir fait évader. Ils doivent rester extrêmement prudents, et ne peuvent se déplacer à découvert.

Arrivés près de la maison de leurs parents, Mauro et Willibert terminent le chemin à pied, se cachant entre les arbres. Thérold et Noyès gardent les chevaux.

Les deux frères observent le va-et-vient de la famille,

une quinzaine de personnes, oncles, tantes, cousins, voisins. Mauro aperçoit son ami Matty, le vieux majordome qu'il a connu chez le vicomte Possoles de Meynac et qui lui est resté fidèle, ainsi qu'à son père. Émilande, la mère de Mauro, apparaît, soutenue par ses proches vêtue d'une robe noire, un foulard sur la tête, un missel à la main. Elle marche lentement, avec difficulté. Cette maison de leur enfance n'est plus celle du bonheur familial, mais bien celle du deuil. Il leur semble que la tristesse s'empare même des vieilles pierres. Mauro ne peut supporter de voir sa mère dans une telle souffrance. Il veut s'avancer, la serrer dans ses bras, Willibert le rattrape à temps et le tire vers lui.

– Tu es fou ? Pas maintenant ! Les voisins parleraient, reste tranquille, chuchote-t-il.

– Regarde, c'est Lison, s'étonne Mauro.

La « petite Lison » passe la porte avec un bébé dans les bras.

– Elle a un enfant ?

Un homme plus âgé qu'elle la suit, et lui pose un châle en laine blanc sur les épaules. Ses gestes tendres envers Lison surprennent Mauro.

– Qui c'est celui-là ? rétorque-t-il en regardant son frère.

– J'en sais rien, j'en sais rien, s'agace Willibert, et puis tais-toi, s'il te plaît, on saura plus tard. Laisse-les passer devant, le cimetière n'est pas loin. On avance derrière eux.

Quand le cercueil franchit le pas de la porte, les deux frères ne disent mot mais leur cœur bat à tout rompre. Willibert saisit son frère par l'épaule. Ils ont le sentiment d'être, comme autrefois, deux gosses, qui jouaient au bord de l'eau. Willibert protégeait déjà son frère d'une chute possible, et Mauro l'admirait en secret. Étrangers à leurs propres vies, à leur famille, ils se figent, meurtris et atterrés.

Noyès et Thérold les rejoignent.

Ils laissent leurs montures dans la remise à l'arrière de la maison.

Ces deux hommes, qui ne disposent d'aucune attache particulière dans leurs vies, éprouvent au même instant une solidarité familiale, un lien indéfectible, inexplicable et sincère pour les deux frères. Sans réfléchir, ils entourent Willibert et Mauro comme pour les protéger. Le plus jeune des Mortesagne a le visage sillonné de larmes.

Il regarde fixement le cercueil de son père avancer entre les tombes, porté par ses oncles et cousins, et même le vieux Matty.

C'est à bonne distance qu'ils assistent à la mise en terre.

Le curé qui a succédé à l'abbé Noyès à la paroisse de Saint-Cyprien bâcle la cérémonie. À peine un Notre-Père.

La famille Mortesagne n'a plus aussi bonne réputation dans le village.

L'homme d'Église expédie un signe de croix avec son goupillon sur le cercueil fraîchement descendu dans la tombe, et quitte les lieux avec les deux enfants de chœur qui portent le crucifix et l'encensoir. Il salue à peine Émilande.

Mauro serre ses poings et sa mâchoire. Heureusement que Willibert connaît son frère : il l'empêche de bondir sur le curé pour l'étrangler avec son écharpe.

– J'irai lui dire deux mots, au curé Pacot, s'insurge l'abbé Noyès que la scène a profondément choqué.

Émilande jette un dernier regard sur la tombe de son mari, s'approche, embrasse un bouquet de fleurs et le lance sur les mottes de terre qui recouvrent déjà le cercueil, avant de regagner les siens en titubant, soutenue par son frère et Lison.

Une fois leur famille partie, les deux frères enfoncent leur chapeau pour ne pas être reconnus par les fossoyeurs, et s'avancent. Ils prennent à leur tour une poignée de terre, qu'ils jettent ensemble sur la tombe.

L'un des fossoyeurs croit entendre :

– ... et on te vengera, le père...

22

Assis au pied du chêne près de la maison de leurs parents, Mauro et Willibert attendent la pâle lueur de la nuit pour se montrer. Avec une pointe de nostalgie, Willibert laisse filer son regard sur la vallée de leur enfance, sur ces plaines, ces coteaux de vignes et la rivière. Tout cela lui a manqué. Il sent que sa vie est ici, ni à Paris ni même à Versailles. Il doit revenir au pays. Il le sait maintenant. Pour Mauro, c'est différent, sa jeunesse, son ambition, son goût de l'aventure, nourri par ce qu'il vient de vivre, résonnent.

Les deux frères se regardent et ne disent mot. En silence, ils se repassent les images de cette si particulière journée. Assister à l'enterrement de leur père cachés derrière une tombe, ne pas pouvoir participer à un tel moment et soutenir leur mère, être là comme des voleurs de douleur, sans offrir la leur, autant de sentiments qu'ils n'avaient jamais éprouvés. Abasourdis, secoués, ils restent figés, encore sous le coup de ce qu'ils viennent de vivre.

Comment exprimer un chagrin clandestin ?

Bientôt, à la fin du jour, Émilande, leur mère, revient chez elle. Elle semble elle aussi abattue, perdue.

L'oncle Amédée l'a accompagnée jusqu'au jardin.

Mais une fois dans la maison, elle n'allume pas de bougie.

Les deux garçons l'imaginent à travers les murs épais, épousseter la table, caresser la tête du chien, faire chauffer un peu d'eau, autant de gestes automatiques sans but précis, le dos courbé, les yeux embués. Soudain, la porte grince, Émilande sort et s'assoit sur le banc près de la porte. Le contact de la pierre granuleuse l'apaise. Elle se redresse, se tient droite. Bien droite. Elle regarde devant elle sans bouger. Comme à l'affût. Elle écoute la nuit naissante. Mais elle sait que les siennes seront à jamais solitaires. Ses fils s'approchent d'elle sans bruit.

– C'est nous, la mère…

Émilande sursaute et devine deux ombres qui avancent dans le noir.

– C'est nous… Willibert et Mauro, là, là, on est là !

Elle se lève, les cherche, elle a reconnu la voix de ses fils. Ça y est, ce sont eux, là... Ses deux garçons la serrent dans leurs bras, aussitôt elle embrasse leurs joues hérissées de barbes roussies.

– Mes petits, mes petits... Votre père, votre père...

Willibert lui attrape le bras et lui fait signe de se taire et de rentrer dans la maison.

D'un coup d'œil à droite et à gauche, les frères s'assurent que personne ne les a vus et la suivent.

Une fois à l'intérieur, spontanément, ils s'assoient à leurs places. Celles de leur enfance. Celle du père reste désespérément vide. Mauro allume alors les bougies, et Émilande discerne enfin leurs visages. Presque un an qu'elle ne les a pas vus, pas étreints.

– Mes petits, répète-t-elle en caressant leurs visages.

Willibert a minci.

Mauro a les cheveux longs, noués en catogan, comme c'est désormais la mode. Émilande est face à eux, digne, belle dans sa robe noire, ses cheveux tirés en chignon semblent avoir un peu blanchi.

– Votre père est mort.

– Oui, maman, c'est pour ça qu'on est là. Nous étions cachés pendant toute la cérémonie, mais nous avons pu jeter une dernière poignée de terre sur son cercueil.

– C'est bien, mes enfants, approuve-t-elle en ouvrant le tiroir du buffet. Votre père a laissé une lettre pour vous. Le vieux Matty l'a aidé pour l'écrire.

Elle tend la lettre à Willibert.

– Je sais pas pourquoi il l'a écrite, confie-t-elle en s'asseyant. C'est comme s'il pressentait qu'il pouvait lui arriver malheur.

La lettre n'est qu'un bout de papier plié en quatre.
Rien à voir avec les lettres que la baronne et sa belle-sœur s'envoient dans des enveloppes parfumées, avec encre de couleur et cachet de cire.
Émilande approche une des bougies.
Willibert lit à haute voix :

Mes garçons
Je sais que vous êtes innocents
Les bûcherons ont parlé
Levry de Méricourt a menti aux juges
Ils doivent payer

Cette lettre est un cri. L'écriture tremblée, cette application à bien écrire le nom des nobles malgré tout... Willibert réalise alors à quel point ses parents ont dû souffrir.

– Ton père savait que t'étais innocent, Mauro. Il l'a dit et redit au vicomte de Meynac mais il n'entendait rien, celui-là. Et pour cause, c'est lui qui l'a tué. Avec son canon de Satan. Il ne restait rien de votre pauvre père. Rien, enrage-t-elle. Que des bouts de chairs éparpillés au milieu des bêtes. C'est pas juste, c'est vraiment pas juste, sanglote-t-elle.
Willibert et son frère l'entourent de leurs bras et la bercent tout contre eux.

– On va faire comme il le dit, le père. Ils doivent payer.

– Attention, mes petits, faites attention. Soyez prudents. La mort dans notre famille, ça suffit !

– Ne t'inquiète pas, on va trouver une solution, la rassure Willibert avant de se tourner vers Mauro. Bon, vas-y maintenant, mais dépêche-toi, tu as peu de temps.

– Où vas-tu ? demande Émilande.

– Je dois voir Lison.

Émilande prend les mains de ses fils dans les siennes. Willibert note sur le visage de sa mère les traces de toutes ces années passées au soleil, des années à travailler.

Les bruits de la nuit accompagnent les pas de Mauro. Ceux des animaux, ceux des branches que l'on ne voit pas mais qu'on entend grâce au vent. Il retrouve vite ses repères, les talus, les bosquets, les fossés. Combien de fois a-t-il parcouru ce bois pour retrouver sa Lison ? Combien de temps lui faudra-t-il pour lui raconter tout ce qu'il a vu, vécu, entendu depuis son départ pour Paris ? Mauro approche de la maison des parents de Lison. N'osant pas frapper à la porte, il jette un œil par l'étroite fenêtre. Lison se trouve seule à côté d'un berceau en bois dans lequel on devine un bébé enveloppé dans ses langes. Mauro ne reconnaît pas l'intérieur de la maison. Tout semble avoir changé. La table paraît réduite. D'autres meubles sont apparus, il y a deux grandes chaises devant la cheminée. Les parents de Lison ont-ils déménagé pour laisser plus de place à l'enfant ? Mauro prend son courage à deux mains et entre sans frapper, Lison se retourne et retient un cri, la main sur sa bouche. L'enfant ne s'est pas réveillé. Mauro n'ose pas bouger. Lison lui fait signe de la suivre au fond du jardin près de la cabane à outils.

Ils se voient à peine, elle emporte une lanterne. Mauro n'arrive plus à se retenir, il veut l'étreindre, la toucher.

– Ma Lison, tout ce temps, sans toi...

Mauro veut l'embrasser. Elle s'écarte.

– Tout ce temps, oui ! Tu m'avais juré que tu allais vite revenir, et puis non, aucune nouvelle. Ta mère, ton père, moi, on ne savait pas où tu étais, si tu étais vivant ou mort.

– Je sais, pardonne-moi, je vais tout t'expliquer.

Il saisit ses mains, elle se laisse faire. Elles rejoignent enfin leur place au creux des siennes.

À ses côtés, Mauro revit. Il se remémore tout, son odeur, la douceur de sa peau, il met sa tête sur son épaule et la prend par la taille. Lison lui caresse les cheveux, colle son corps au sien, ferme les yeux et l'embrasse. Il frissonne. Il retrouve la chaleur de ses baisers, ses lèvres pulpeuses, sa langue douce. Mauro éprouve de nouveau ce sentiment qu'il n'a connu avec aucune autre.

Il se tient à côté de celle qu'il aime. Profondément. Tout simplement.

– J'ai eu si peur, Mauro. J'ai eu si mal. En manque de toi. Sans nouvelles, j'ai pensé « il est mort ou m'a oubliée ».

– Non, ma Lison, ça n'arrivera jamais, tu sais. Tu habites ma tête, je te vois, je t'entends, je te souris tout le temps. Il n'y a que toi qui comptes.

Lison entend son bébé au loin. Elle bondit.

– Attends-moi là, je vais le chercher, sinon il va réveiller Grégoire.

– Qui ça ?

– Mon mari.

La nouvelle est brutale. Mauro n'en croit pas ses oreilles.

– Tu… tu es mariée ?

– Il a bien fallu.

– Mais… je… on avait dit que… nous deux…

Mauro cherche ses mots. Lison l'interrompt :

– Je ne pouvais pas faire autrement.

Les pleurs du bébé redoublent.

– Je reviens, assure Lison.

Mauro, hébété, reste seul quelques minutes à peine. Lison revient avec l'enfant dans ses bras. Elle s'assoit pour le nourrir. Il allume une bougie.

Dans la pénombre, il aperçoit un garçon au teint mat et aux cheveux clairs. Lison lui donne le sein. Il tète sa mère, gourmand, et sourit à un homme qu'il ne connaît pas mais qui le dévisage. Pour calmer sa faim, Lison lui offre son autre sein. Mauro a quitté une jeune fille insouciante et libre ; il découvre une jeune femme mariée, si attentive à son rôle de mère, si belle, toujours.

– Il s'appelle Salvin. C'est ton fils.

23

– Tu es venu récupérer tes affaires ?

À la lueur d'une bougie presque éteinte, la mère Thomas reconnaît Mauro.

Elle n'a même pas l'air surpris de le voir ici à Saint-Cyprien dans l'entrebâillement de la porte de son auberge. Derrière lui, elle distingue quelques chapeaux.

– T'as vu l'heure ? Heureusement que c'est toi, j'ai failli te balancer un seau d'eau.

Elle ouvre grand sa porte. L'ancienne logeuse de Mauro n'a rien perdu de son fort caractère. Mais il sait bien, lui, qu'il s'agit d'une façade. Elle cache un cœur où il y a toujours une place pour ses clients les plus fidèles, ses « petits », comme elle dit, et Mauro en fait partie. Elle l'observe de la tête aux pieds. Depuis toutes ces années derrière son comptoir, la mère Thomas connaît les hommes et elle ne peut qu'admirer la qualité de la cape du « gamin » et de ses bottes d'officier.

Mauro marche de long en large pour explorer tous les recoins de la salle qu'il connaît si bien, comme pour s'en imprégner, reprendre ses marques. Ses trois complices lui emboîtent le pas et pénètrent dans l'auberge.

– Vous pourriez dire bonjour quand même ?

Mauro embrasse l'aubergiste sur le haut du crâne. Toujours cette odeur de talc et de sueur. Les trois autres ôtent leurs chapeaux, puis Mauro file au fond vers le comptoir. Noyès en profite pour faire un baisemain, appuyé, qui fait sourire la mère aubergiste.

– Calme-toi, l'abbé, ce n'est que moi.

Elle lui pince la joue, comme à un enfant malicieux. Thérold et Willibert, eux, se contentent d'incliner la tête.

– Dis donc Mauro, t'arrives comme ça, sans prévenir, en pleine nuit… au bout d'un an… Juste pour vérifier le mobilier ?

– Non, mère Thomas, mais j'ai de si bons souvenirs ici.

– Tu sais, j'ai toujours tes affaires là-haut. Au-dessus de l'armoire de ma chambre. J'ai eu à peine le temps de les ranger avant que les gendarmes fouillent partout. Ils m'ont interrogée. Ils croyaient que tu te cachais ici. J'ai dit que non, ils m'ont pas cru, et ils m'ont même emmenée à Sarlat. T'imagines ! Sarlat ! J'y mets jamais les pieds, là-bas. La grande ville c'est pas pour moi, ça !

Mauro n'écoute pas, et continue d'arpenter la salle,

il semble absent, totalement absorbé. La mère Thomas arrête de raconter ses aventures de suspect numéro un.

– Dis donc, mon garçon, tu pourrais me répondre ! Tu viens chercher tes affaires, oui ou non ?

– Plus tard la mère, plus tard…

Il s'arrête devant l'aubergiste, fléchit les genoux pour la regarder dans les yeux.

– Salvin, il s'appelle Salvin, répète-t-il.

– Ben oui, tu savais pas ?

Willibert, Thérold et Noyés ne comprennent rien à ce qui se trame.

– Mais de qui parlez-vous ? s'énerve Noyès. Qui c'est, ce Salvin ?

– Mon fils, répond Mauro, en s'arrêtant net devant les autres déjà attablés.

– Ton fils ? manque de s'étrangler Willibert.

– Oui, mon fils : Salvin, c'est son prénom. Lison me l'a montré tout à l'heure. Je ne savais même pas que j'avais un gosse ! Et maintenant Lison, ma Lison, est mariée à un type que je connais même pas !

– Bah ça alors ! enchaîne Thérold.

– Mais rendez-vous compte, vous autres, grogne la mère Thomas. Dans un bourg comme ici, qu'est-ce qu'elle pouvait faire, la Lison ? Fille mère, à son âge, avec notre oiseau, là, qui s'envole, hein, elle fait quoi, la pauvre ? Qui en aurait voulu ? Moi, j'ai dit aux parents qu'elle devait se trouver un gentil mari pour élever son fils. Finalement, Grégoire a fait l'affaire. C'est un brave gars. Il voulait des enfants, mais il ne pouvait pas en avoir. À chaque fois les filles ont quitté « l'impuissant », qu'elles disaient. Mais avec Lison, le petit il était déjà tout fait. Alors il a été d'accord, voilà comment ça s'est passé. Il sera bien, le petit Salvin. C'est un homme honnête, Grégoire, il travaille aux greffes de Sarlat. Il est au village trois jours par semaine. Il aime beaucoup Lison, il est gentil, conclut la mère Thomas.

– Salvin, ça vient du latin *salvator*, ça veut dire « sauveur », précise l'abbé Noyés qui lui a fait des études et tient à le faire savoir.

Salvin : son fils. Mauro répète le prénom. Il n'arrive pas à y croire.

– Dis, Mauro, on peut t'appeler papa, maintenant, si tu veux ? s'amuse Thérold.

– Arrêtez, vous vous rendez pas compte, vous, je sais pas comment prendre ça : Lison, mère de mon fils, mariée à un autre homme !

Il s'assoit et secoue sa tête entre ses mains.

– Bon, on va te trouver une solution, Mauro, mais avant, on a du boulot, enchaîne Wilibert, sortant la lettre de leur père. Il la tend à Noyès qui la passe ensuite à Thérold. Tous gardent le silence. Sur la table, la mère Thomas a posé quatre godets et deux pichets de vin. Ils réfléchissent aux derniers mots du père Mortesagne : « Ils doivent payer. »

– Puisque votre père savait que Mauro était innocent, il faut maintenant que tout le monde le sache, une bonne fois pour toutes. Il faut faire payer tous ces « profitards », lance Thérold en levant son verre.

– Nous vengerons votre père, ajoute Noyès, solennel. Et nous laverons l'honneur des Mortesagne.

Il plante la lettre sur la table avec son couteau.

La mère Thomas apporte deux nouveaux pichets, les précédents étant déjà vides, la violence et le niveau sonore des propos des quatre complices le confirment. La mère Thomas n'est pas en reste, elle boit cul sec et lance avec vigueur :

– Sales vicomtes, sales comtes, vous allez nous rendre des comptes.

Ils boivent pour sceller leur pacte.

Thérold pose bruyamment son godet sur la table.

– J'ai une idée !...

Le lendemain matin, aux aurores, Thérold, sur son cheval, apparaît devant une bâtisse blanche sans enseigne au cœur de Sarlat. À l'intérieur, dans la fraîcheur de l'aube, un homme hirsute, courbé sur son ouvrage. Il cale avec beaucoup d'attention des lettres en laiton sur une plaque de métal. Des feuilles de papier et une presse en bois se trouvent à sa droite. À gauche, des balles de cuir pleines d'encre sont déjà prêtes à l'usage.

– Holà Toussaint ! Mon grand homme de lettres ! Comment vas-tu, ami ? s'exclame Thérold.

L'homme se redresse péniblement. Sur le bout de son nez des lunettes cerclées de métal, aux verres épais comme des culs de jarres.

– Maître Thérold ! Quelle bonne surprise ! Mais où étiez-vous donc passé ?

Thérold lui fait signe de parler moins fort.

– Tu embauches toujours aussi tôt ?

– En cette saison, oui, avec la chaleur qui arrive vite, l'odeur de l'encre, et tout ce travail, c'est la meilleure heure. Après, je fatigue. Et toi, d'où viens-tu ?

– J'étais loin, ici on voulait plus de moi, tu sais.

– Oui, j'ai appris. Et pour tes amis aussi. On vous a accusés à tort. Je sais tout ça.

– Justement, c'est pour ça que je suis là.

Thérold et Toussaint se sont connus au sortir de l'adolescence. Ils fréquentaient la même salle d'armes. Thérold en a fait son métier, et Toussaint, enfant de la petite noblesse, a refusé les facilités que sa condition de propriétaire terrien lui offrait, pour se consacrer aux livres et à l'art de les composer, et cela contre l'avis de son père. Plus tard, son héritage lui a permis d'acheter une presse, et le voilà devenu le plus grand imprimeur de la région.

– Que puis-je faire pour toi, Léon ?

– J'ai besoin que tu m'imprimes ça, demande Thérold

en lui montrant le texte écrit avec Noyès et les frères Mortesagne :

Mort aux aristos.
Mort aux voleurs.
Mort aux privilèges.
Mort aux menteurs.
Les bûcherons ont dit la vérité !
Mauro Mortesagne est innocent !
Ceux qui l'ont aidé à se libérer sont ses vrais justiciers.

Toussaint relève la tête, ajuste ses lunettes et frotte son menton mal rasé. Thérold attend son jugement et interroge son ami du regard.

– Disons que ça va me changer des thèses du professeur Bernard de l'université de Bordeaux… des thèses sur la paléontologie, rit Toussaint, une main dans les cheveux. Tu en veux combien ?

– Y a combien de personnes sur la place devant l'église les jours de marché ?

– Je sais pas, deux cents, trois cents personnes…

– Voilà, tu m'en fais un exemplaire pour chacun. Et tu as tout ton temps pour le faire puisqu'il nous les faut pour demain, ajoute Thérold un peu taquin, en posant sur la presse une volumineuse bourse en cuir.

– Non, range ça, Léon, depuis toujours nous deux on a les mêmes idées sur ceux qui exploitent les autres.

Nous on s'en sort bien, je m'appelle Toussaint de Carlux, ça m'a aidé, mais en fait on a les mêmes ennemis et ça nous a toujours rapprochés, non ? Non seulement je te les imprime, mais je vais t'en faire mille, t'en auras pour la semaine suivante comme ça.

– Mais tu savais, pour Mauro ? s'étonne Thérold.

– Évidemment... Quand j'ai appris votre fuite, je me suis renseigné. Tout le monde savait au bout de quelques mois que ton Mauro avait tué Levry de Méricourt en duel, à la loyale ! Tout le reste, la chasse aux paysans, l'accusation d'assassinat, c'était du flan. Les bûcherons qui ont été témoins du duel ont tout raconté. Ces aristos, moi, je les déteste « de l'intérieur ». Mon père en faisait partie. Tu te souviens ? Paix à son âme. Là où je suis aujourd'hui, on a oublié mes origines, mais moi non, j'ai appartenu à ce monde pourri et je veux t'aider. Je m'y mets tout de suite. Repasse demain à la même heure.

En quittant son ami, Thérold comprend que cette affaire dépasse le cadre d'une simple vengeance pour atteindre celui d'un conflit social qui trouverait son épilogue, peut-être, un jour prochain. Il le sait. Mais il vérifie aujourd'hui que la colère gronde jusque dans les villages les plus reculés. Même ici on ne supporte plus l'indifférence, voire le mépris de ceux qui les gouvernent.

Le lendemain matin, sur la place du marché de Sarlat, autour de la cathédrale Saint-Sacerdos, les premiers étals apparaissent. Les marchands de légumes côtoient les éleveurs de poules et de lapins. Le curé, en soutane, vient en voisin après les mâtines, pour s'approvisionner en œufs, suivi des sœurs qui portent ses paniers. Les fermiers et les manouvriers sont là aussi pour espérer écouler leur surplus. D'autres en profitent pour revendre du matériel agricole usagé. Tout le monde se connaît, ou presque. On mesure, on pèse, on marchande. La mère Thomas a pour mission de s'entretenir avec le curé pour le retenir sur la place. Elle lui propose de lui racheter à bas prix des chaises d'occasion pour lui permettre ensuite d'en faire fabriquer des neuves. Le curé répond poliment mais regarde sa montre de gousset. Il n'a pas de temps à perdre ! Mauro arrive le premier sur les lieux, un chapeau en feutre sombre enfoncé jusqu'aux yeux. Bientôt, Willibert et Noyès le rejoignent. Ils se regroupent près du porche de la cathédrale. Thérold enfin arrive, un sac sur l'épaule, rempli des libelles imprimés. Il le confie à Mauro qui l'emporte dans l'église. Thérold, près de l'entrée, fait le guet. Les deux autres se dispersent dans la foule et rejoignent quelques amis de la ferme des Mortesagne. Mauro grimpe quatre à quatre les marches de la cathédrale jusqu'au clocher. Arrivé au dernier balcon, au-dessus des gargouilles, il a une vue splendide sur toute la région. Il est si haut qu'en bas rien ne semble bouger. Sur la place, tous ces gens se ressemblent, la plupart sont modestes et joyeux. Mauro attrape le sac, y enfonce ses deux mains et en sort les libelles de sa liberté qu'il jette sur la foule. Les papiers volent. Les premiers lecteurs lèvent la tête, crient leur surprise. Thérold, Noyès, Willibert et leurs amis répartis sur la place montrent Mauro du doigt et scandent « Mauro innocent ! Mauro innocent ! » puis applaudissent.

Ceux qui savent lire déchiffrent le texte pour les autres. Le curé le lit à son tour, les mots sont imprimés en gras à l'encre noire. Il en a plein les doigts. Il commence à pester. La mère Thomas s'est éloignée. Elle se mêle aux autres et participe ainsi à la manifestation de cette vérité à laquelle elle a toujours cru. « Mauro innocent ! Mauro innocent ! » hurle-t-elle à son tour. Le curé déchire le libelle, et regagne son presbytère non sans avoir arraché des mains des sœurs l'épouvantable texte. La place du marché se transforme en forum de la contestation. La maréchaussée intervient. Le curé invite les gendarmes à pénétrer dans l'église. Des hommes en armes dans un lieu saint, la foule manifeste sa colère en reprenant les termes du libelle et en insultant le curé. Mauro s'enfuit par l'arrière de l'église en glissant le long d'une corde installée la veille. Ses compagnons filent le récupérer. Il ne faut pas traîner. Les forges de Savignac-Lédrier les attendent, désormais.

24

– Pstt ! Pstt !

Mauro tente d'attirer l'attention de Matty, dans les cuisines de la propriété du vicomte Possoles de Meynac. Le vieux majordome se retourne, ne se doutant pas de la surprise.

– Boudiou, Mauro ! Bah, te revoilà ? Qu'est-ce que tu fais là ? Oh ! Mais vous êtes combien ? s'exclame-t-il en voyant les autres.

– Je suis avec maître Thérold, l'abbé Noyés et mon frère Willibert. Ne t'inquiète pas, Matty…

– Si, si ! Je m'inquiète, vous êtes complètement fous. Faut pas qu'on vous voie. Vous êtes pas les bienvenus ici. Suivez-moi.

Il les conduit rapidement dans l'escalier qui mène aux caves. Matty choisit une pièce où sont entreposés des vieux meubles et des tableaux recouverts de draps blancs. Il ferme doucement la porte.

– Qu'est-ce que vous faites ici ?

– On est venus régler quelques comptes.

– Ah, mais c'est un peu tard, les amis. Mauro, je sais bien que tu es innocent, mais dans la région on ne le sait pas tous.

– On a arrangé ça, Matty, ce matin, à Sarlat. La nouvelle va vite se répandre, le rassure Mauro, t'inquiète pas pour ça.

– Ah bon, tant mieux. Vous avez su pour votre père ?

Les deux frères baissent la tête.

– Oui. Willibert et moi nous avons assisté discrètement à l'enterrement, précise Mauro.

– Mais alors, vous voulez savoir quoi ? Pourquoi vous êtes là ?

Le vieux Matty n'a pas l'air rassuré.

– On veut savoir où se trouve le vicomte. On veut lui faire payer sa traîtrise. Et on veut aussi savoir dans quel couvent la vicomtesse est retirée.

– La vicomtesse est toujours au couvent de Cadouin. Et le vicomte, lui, il est dans ses forges de Savignac-Lédrier. Aujourd'hui, il présente les derniers modèles de canons à des acheteurs. Même les Anglais sont là. Les canons, y a plus que ça qui l'intéresse. D'ailleurs elle marche très bien, sa petite affaire.

– Combien de temps pour y aller ? s'enquiert Thérold.

– Ben… environ une bougie.

– Comment ça « une bougie » ? s'agace Thérold.

– Le temps qu'elle se consume, quoi : deux heures, deux heures et demie à peu près.

– Merci, Matty.

Mauro salue avec une tendre accolade l'homme qui a contribué à rédiger la lettre de son père. Le vieux majordome se détend. Dans ses yeux, de l'affection et de l'amitié se côtoient.

Les quatre hommes remontent immédiatement à cheval et se dirigent au grand galop vers Savignac-Lédrier. Matty ne s'était pas trompé. À peine trois heures plus tard, en vue du château, ils entendent nettement le bruit du canon. Les ateliers de fabrication sont en contrebas du domaine, composés de vastes bâtisses dont le toit est en partie vitré pour laisser passer la lumière. En s'approchant, ils aperçoivent Possoles de Meynac méconnaissable, virevoltant au milieu de ses invités à qui il offre vins fins et charcuterie locale avant de passer à table, pour le grand dîner offert aux acheteurs français et étrangers. Ces canons lui ont redonné une seconde jeunesse.

– Il faut faire vite.

À bonne distance du château, Willibert, encore peu connu du vicomte, un peu moins reconnaissable tout du moins, se change pour entrer dans la place. Il enfile une vareuse en crêpe de soie vert pâle par-dessus laquelle il pose un baudrier dans lequel il glisse une épée. Désormais bien vêtu, il se faufile parmi les invités. À la droite du vicomte, le directeur des forges, organisateur des festivités, un parchemin à la main. Il passe de groupe en groupe pour présenter le programme du lendemain. Wilibert l'interroge :

– C'est à quelle heure, demain matin ?

– Pour ne rien manquer, je vous conseille d'être là vers dix heures et demie sur le pas de tir, pour la présentation des nouveaux modèles, puis vous aurez la visite des ateliers de fabrication et enfin, juste avant le déjeuner, la démonstration faite par Monsieur le vicomte lui-même.

Il tend à Willibert le parchemin qui résume ce qu'il vient d'annoncer.

– Euh… La démonstration, ça consiste en quoi, exactement ?

– Eh bien, traditionnellement, monsieur le vicomte procède au premier feu. Il y aura trois nouveaux modèles cette année…

– Excousez, il y a oune répas prévou ? demande un invité apparemment hispanique.

– Oui, en fait c'est une collation. Après, on passe au bureau des ventes pour les commandes. Et là, compte tenu du nombre d'invités, monsieur, cela risque d'être un peu long.

– On dit que le vicomte baptise ses canons, c'est vrai ? interroge un autre invité, français celui-là, visiblement novice en la matière.

– Effectivement, répond le directeur des forges. Vous savez, nous procédons un peu comme pour les bateaux de guerre, que l'on baptise l'*Intrépide* ou l'*Invincible.* Ici, chez nous, pour les canons, on utilise les noms de personnages de l'Antiquité. Demain il y aura *Romulus*, *Achille* et *Xerxès*… Ne me demandez surtout pas pourquoi. Monsieur le vicomte commencera par *Achille.* Le nom est inscrit au pied de chaque canon, ainsi vous ne pourrez pas vous tromper.

Fort de toutes ces informations, Willibert s'éclipse pour rejoindre ses amis restés dans la forêt proche, à la lisière des forges de Savignac-Lédrier. Les quatre complices mettent au point leur stratégie pour le lendemain et bivouaquent sur place. Au cours de la nuit, un visiteur insomniaque aurait pu distinguer quatre silhouettes arpentant le pas de tir avec des seaux à la main.

Le lendemain, à l'heure dite, la vingtaine d'acheteurs se présentent sur l'esplanade du château, sur laquelle sont disposés des gradins pour qu'ils assistent au spectacle de la mise à feu. Willibert, parmi les invités, en profite pour aborder le vicomte, en utilisant le prénom de son défunt père. Il use et abuse de son air le plus obséquieux.

– Bonjour monsieur le vicomte, permettez-moi de me présenter. Ange de Baudry, je représente la compagnie des armateurs nantais. Nous organisons le commerce, hum, d'esclaves entre l'Afrique et l'Amérique. Et nos traversées sont souvent…

– Oui, oui, je suis au courant. Y a des confrères à vous, des Bordelais, là-bas. Je connais bien vos activités. Vous êtes le bienvenu Monsieur de Baudry. C'est votre première fois ?

– Oui, c'est incroyable. Je suis allé voir les nouveaux canons. Belles tailles, dites-moi. Presque deux toises… s'extasie Willibert en connaisseur qu'il n'est pas.

– … Et une portée d'une demi-lieue, selon la taille du boulet, précise le vicomte, visiblement intarissable. Tiens, regardez là-bas, en face de vous, la montagne de sable et de sciure. C'est là-dessus que nous allons tirer. Le boulet s'enfoncera comme dans du beurre, ça ne risque rien.

Ces précautions sont bien tardives, s'énerve l'aîné des Mortesagne.

– Vous disposez de beaucoup de pièces en réserve ? demande Willibert.

– Ah oui, bien sûr. Vous êtes nombreux et pressés, tout le monde veut acheter le dernier modèle. C'est le principe même de ce genre de commerce, confie le vicomte.

– C'est-à-dire ?

– Eh bien, il y a ici des acquéreurs qui représentent deux pays parfois belligérants. La règle d'or, c'est de vendre le même modèle aux deux. Il suffit de dire à l'un que l'autre est déjà équipé du canon le plus récent pour qu'il l'achète aussitôt. Il en achète même une plus grande quantité pour être certain d'être le plus fort. C'est malin, non, monsieur de Baudry ? Je peux aussi vous citer des escadres de navires espagnols et anglais que j'ai équipées du même matériel et dont les représentants sont ici aujourd'hui, ajoute discrètement le vicomte. Même le ministère français de la Marine m'en a commandé. Je vends à tout le monde.

Willibert fait mine d'être très intéressé et en rajoute :

– J'ai des clients qui exigeront peut-être l'exclusivité de certains modèles.

Le vicomte sent qu'il a trouvé le bon interlocuteur, il jubile.

– Mais c'est prévu, je m'engage à vous vendre un modèle en exclusivité, et en nombre suffisant, cela pour une durée limitée. Pendant cette période, vous serez les seuls à les posséder. Évidemment, ça coûte plus cher, cher Ange. Je peux vous appeler Ange ?

– Oui, oui, faites. Je repasserai vous voir cet après-midi à ce sujet.

– Parfait, à tout à l'heure.

Le vicomte s'adresse à ses invités en bon maître de cérémonie :

– Maintenant, messieurs, partons visiter les ateliers de fabrication avec l'ingénieur hollandais qui a conçu les plans des nouveaux modèles.

La petite troupe impatiente emboîte le pas du vicomte

et de son équipe de techniciens, laissant le pas de tir désert.

Dans les ateliers, l'architecte en chef Ewen de Bruijn détaille les plans affichés sur un immense tableau. La qualité de la fonte, le poids des boulets, la portée : dans un anglais impeccable, compréhensible par une grande partie des acheteurs. Il détaille le fonctionnement et les performances des nouveaux modèles. Cela lui prend une bonne demi-heure.

Pendant ce temps, sur le pas de tir, Willibert veille à ce que les ouvriers ne s'approchent pas trop près du canon *Achille*, qui doit servir à la démonstration du vicomte. Dans la nuit, avec ses compagnons, il en a « complété » l'équipement en ajoutant à l'arrière du fût une quantité supplémentaire de poudre noire qui transforme *Achille* en une véritable bombe.

Le grand moment est arrivé. Le vicomte Possoles de Meynac, enrubanné des pieds à la tête, chapeau au vent, invite ses acheteurs à s'installer sur une estrade surélevée, à trente mètres derrière lui, pour mieux apprécier la trajectoire. On lui tend un boutefeu déjà allumé. Avec la grâce d'un maître de ballet, il s'approche et allume la mèche. Aussitôt, une violente explosion déchire le canon à l'arrière et projette en l'air le vicomte à plusieurs mètres. Il retombe en morceaux, tel un pantin désarticulé, aux pieds de ses invités qui reculent en poussant des hurlements d'horreur. La panique permet à Willibert de quitter tranquillement les lieux, sans se faire remarquer.

Dans la forêt, Mauro et ses deux amis ont aperçu un vicomte volant à basse altitude.

Il est temps désormais d'informer Madame la vicomtesse de cette « triste nouvelle ».

25

Sur le chemin qui les mène au couvent de Cadouin, Mauro songe à Aléïde, dont il ignore ce qu'elle a pu devenir, enfermée depuis plus d'un an dans cette funeste bâtisse qui ne respire pas beaucoup la charité. La douce Aléïde Possoles de Meynac séquestrée contre son gré par son mari. Il sait ce qu'il doit à cette femme si tendre.

Les quatre compères sont installés dans un carrosse confortable. Les rideaux sont tirés. Il ne faut pas qu'on les remarque avec les vêtements dont ils sont accoutrés. Noyés s'évente depuis le départ.

– Je meurs de chaud dans cette soutane.

On dirait une gravure officielle du Vatican. Il n'a rien oublié, pas même le camail, la petite pèlerine sur ses épaules, ni la calotte rouge et les mules assorties. Les trois autres le regardent, un large sourire aux lèvres.

– Dis donc, l'abbé, la prochaine étape c'est la mitre du pape ? plaisante Mauro. Vous choisirez quel nom : Innocent III ? ou Filou Ier ?

– Je n'irai pas jusqu'au blasphème, même pour vous faire rire, répond l'abbé. C'est déjà pas facile d'endosser l'habit de cardinal, alors pape, j'oserai jamais, bande d'hérétiques, ponctue-t-il d'un coup d'éventail sur la tête de Mauro. Vous me trouvez crédible en archevêque de Bordeaux ?… Je veux dire, ne fais-je pas trop jeune ? Ai-je une bonne prestance ?

– Ni l'un ni l'autre, glousse Willibert.

– Non, non, désolé, je ne suis pas d'accord, les interrompt vivement Thérold. Ça fait trente ans qu'il joue au curé de campagne, il est grand temps qu'il passe aux premiers rôles. Pour moi, tu es parfait, mon ami ! Oh, pardon. Vous êtes parfait, monseigneur !

Mauro étouffe un peu lui aussi dans son costume d'officier de gendarmerie.

– J'aime bien l'uniforme, finalement, je me sens tout-puissant avec ça, confesse-t-il.

– Méfie-toi, ce n'est qu'un déguisement. Pour le coup, tu restes un petiot, même dans le rôle d'un gradé de la maréchaussée, admet Thérold, qui, lui, est d'une grande sobriété dans son habit de gouverneur de province : une redingote de brocard noir jusqu'à mi-genoux, avec parements gris clair brodés, un justaucorps, des culottes courtes, un jabot et des bas blancs. Sur la tête : une perruque dite en aile de pigeon et un tricorne noir. En revanche, Willibert, censé être son greffier, n'a pas trouvé de costume à sa taille. Les manches sont trop longues et la veste trop courte. Il marchera derrière les autres pour éviter qu'on le remarque.

Alors qu'ils approchent du couvent, le silence se fait dans le carrosse. Chacun se concentre sur son rôle.

Ils pénètrent sous un immense porche dont les gardiens referment les portes après leur passage. Mauro ouvre les rideaux : devant eux se dressent de hauts murs pareils à des remparts. Sur le parvis la mère supérieure les attend les mains jointes, accompagnée par deux jeunes sœurs.

Noyès en archevêque de Bordeaux descend le premier, suivi des trois autres dans l'ordre protocolaire. Les témoins de la scène n'ont jamais vu en ces lieux un tel cortège officiel. L'archevêque tend son anneau à baiser à la mère supérieure.

– Bonjour ma mère. Merci de nous recevoir aussi vite.

Il s'incline et pose le doigt symboliquement sur le dessus de la tête de la vieille femme.

– Soyez le bienvenu, monseigneur, bonjour messieurs, votre visite nous honore. Veuillez me suivre.

Elle les conduit dans une grande salle aux murs de pierres, pour certaines blanchies à la chaux, sans doute le réfectoire. Leurs pas résonnent sous la hauteur du plafond. D'étroites fenêtres ouvrent sur le couvent, à l'arrière. Noyès entraperçoit des parterres fleuris, seule marque de gaieté dans ce cadre dédié à la sainte prière. Dans le réfectoire, autour d'une grande table en bois sombre vermoulu, sont disposées de nombreuses chaises. Willibert jette un œil au crucifix sur le mur devant lui, et à la statue de la Vierge, en bois, posée sur un bahut vide. La mère les invite à s'asseoir.

– Pardonnez-moi, mais il n'y a qu'ici que nous ayons un peu de place.

Elle ne marque aucune expression. L'autorité que représentent les quatre hommes ne semble pas impressionner cette femme. Mauro tente de déceler une trace d'humanité sur son visage. En vain. L'idée qu'elle n'est sur terre pour aimer le Seigneur et lui seul l'intrigue.

– Je suppose qu'il s'agit d'une affaire urgente, monseigneur, dit-elle en s'adressant à Noyès.

– Oui ma mère. Nous sommes ici pour représenter le clergé de France et le nonce apostolique, mais aussi la puissance royale par la venue du gouverneur de la province et du capitaine de gendarmerie, et cela pour une affaire de la plus haute importance qui concerne la vicomtesse Possoles de Meynac que vous abritez en vos murs.

– Mais la vicomtesse n'est plus, déclare-t-elle avec un visage impassible.

Mauro sursaute, il se retient de secouer la vieille femme grise. Aléïde ? Morte ? Il aurait dû venir plus tôt.

– À sa demande, celle que l'on nommait la vicomtesse,

du temps de sa vie laïque, précise la mère supérieure, a prononcé ses vœux à Notre Seigneur, dès son arrivée.

– Donc elle est quand même vivante ? C'est ça ? Elle est bien vivante ? interroge violemment Mauro en se levant de sa chaise.

– Je viens de vous le dire, monsieur, répond la mère supérieure, en le regardant fixement.

– Calmez-vous, assène Noyès. Asseyez-vous, capitaine… Continuez, ma mère.

– Elle vit ici sous le nom de sœur Jeanne. Que souhaitez-vous lui faire savoir ? Je me chargerai de l'en informer.

– Nous sommes en mission pour le lui annoncer nous-mêmes, insiste Noyès en mâchant ses mots.

– C'est impossible, monseigneur. Nos règles l'interdisent. Elle n'est pas visible.

– Je lève ces règles en tant qu'envoyé de Sa Sainteté, cela ne supporte aucune contestation, s'agace Noyès en haussant le ton.

– Puis-je au moins savoir de quoi il retourne et si elle peut affronter la nouvelle ? s'inquiète la mère supérieure.

– Oui, mais faites-la chercher d'abord, je vous prie. Je vous dirai ensuite ce qui nous amène.

La mère supérieure fait un geste du menton que les deux sœurs restées à l'entrée de la salle comprennent sans difficulté. Elles quittent la pièce aussitôt à pas feutrés.

– Nous sommes ici pour annoncer à la vicomtesse, pardon... à sœur Jeanne… que son mari est mort brutalement dans ses forges de Savignac, informe Noyès, solennel.

– Son mari ?… Hervé ?

– Oui, Hervé Possoles de Meynac.

Pour la première fois, la mère supérieure se teinte d'humanité. Elle rougit, elle pâlit, sa bouche s'entrouvre légèrement, son corps se penche, elle ferme les yeux, ses mains tremblent.

– Tout va bien, ma mère ? s'inquiète Thérold.

– Oui… euh... comment est-il mort ? interroge-t-elle.

– Le canon qu'il manipulait a explosé. Tout s'est passé très vite, ma mère, il n'a aucunement souffert.

– J'ai son certificat de décès, précise le « greffier » Willibert.

– Hervé… Le vicomte Possoles de Meynac était... mon frère, murmure-t-elle, émue.

– Mais Aléïde, sa femme, le savait-elle ? se renseigne Noyès, surpris.

– Non, je suis ici depuis plus de trente ans, nul ne connaît mon identité, mon frère s'est marié bien après mon entrée dans les ordres. Sœur Jeanne ignorait tout cela. J'ai accepté son entrée au couvent parce qu'elle était la femme de mon frère. Nous étions déjà en surnombre.

– Et on dit que le vicomte, pour vous remercier,

a beaucoup aidé à la réfection de la façade du couvent, lance Noyès un peu malicieux.

– Oui, Hervé a été généreux, comme à son habitude, répond la mère supérieure qui ne souhaite pas s'attarder sur le sujet.

Quelques minutes plus tard, deux sœurs vêtues d'une simple robe de bure marron sous une coiffe amidonnée pénètrent dans la salle. Les hommes se lèvent. La mère supérieure les présente.

– Voici sœur Cécile, notre principale, et notre sœur Jeanne.

– Bonjour ma sœur, s'incline Noyès devant elle.

– Aléïde... murmure Mauro.

Elle lève la tête, sans trahir aucune émotion, même lorsqu'elle entend son ancien prénom. Son visage reste immobile, lisse, mais Mauro le trouve toujours aussi fin et doux. L'ombre et la fraîcheur des lieux l'ont sans doute protégée. Mauro fait un pas en avant. Il a envie de la prendre dans ses bras, mais Noyès l'en dissuade d'un regard appuyé.

– Sœur Jeanne, je me suis permis de vous faire venir car notre archevêque et le gouverneur de la province viennent vous informer…

– C'est bon, ma mère, c'est bon. Je m'en occupe, s'empresse de dire Noyès. Puis-je vous inviter, sœur Jeanne, à me suivre dans le couvent ?

Il la suit après avoir obtenu l'approbation de la mère

supérieure. Thérold et Mauro leur emboîtent le pas, tandis que Willibert sort de sa serviette des documents qu'il présente à la mère supérieure.

– J'ai du mal à vous appeler sœur Jeanne, chère Aléïde, et pardon pour cette intrusion intempestive dans votre vie de recueillement. Mais nous devions venir. Désolé aussi pour ces accoutrements, mais c'était le seul moyen d'être reçus ici au plus vite.

Aléïde sort lentement de sa torpeur. Ces hommes, elle les reconnaît, l'archevêque c'est Noyès, l'abbé, son ancien confesseur, l'autre avec sa perruque, c'est Thérold, le maître d'armes de son mari, et lui c'est Mauro, son amant magnifique.

– Que faites-vous là ? s'inquiète-t-elle, d'une voix douce et mesurée.

– Votre époux est mort, Aléïde, sa passion des canons l'a emporté et la justice divine a fait le reste.

– Mon ancien époux, celui qui m'a conduit ici.

– Oui, et c'est pour vous dire que ses terres sont désormais sans leur maître et que les nouvelles autorités de Dordogne et nous-mêmes ferons tout pour que vous retrouviez votre vie et vos biens, promet à son tour Thérold.

– Vous voulez dire... que je suis... libre ? demande-t-elle dans un souffle.

– Oui, Aléïde, dit Mauro, qui ose enfin s'approcher pour lui parler. Vous êtes libre, vous devez sortir d'ici, vous n'y êtes pas à votre place. Tout ce qui vous est arrivé est une punition non méritée et à laquelle la mère supérieure a participé. Vous n'êtes que victime, conclut Mauro en lui saisissant les mains. Vous saviez qu'elle était la sœur du vicomte ?

Aléïde ne croit pas ce qu'elle vient d'entendre.

– Quoi ? Mais c'est impossible ! Il me l'aurait dit. Le vicomte prétendait que c'était pour me protéger, la mère supérieure aussi.

– Eh bien, c'était tout le contraire. Vous étiez une gêne pour votre mari et la mère supérieure était sa complice. Jolie famille, constate Thérold.

– Mais j'ai le droit de partir, vous en êtes sûrs ?

– La mère supérieure n'a pas le choix, sinon nous saisirons la justice qui lui enlèvera son magistère pour séquestration abusive. Willibert est en train de l'avertir.

– Et pour prix de son silence, nous rénoverons l'autre partie du couvent, lentement, très lentement… un mot de sa part et on casse tout, prévient Thérold pour rassurer Aléïde.

Leur entretien se prolonge.

À l'intérieur du réfectoire Willibert signale à la mère supérieure qu'elle a contre elle sa hiérarchie, l'État, la justice, et la maréchaussée. Après quelques protestations de principe, elle se mure dans le silence.

Dans le couvent, Noyès explique à Aléïde qu'ils ne la laisseront pas seule, qu'ils l'aideront à diriger le domaine.

Après tout, Mauro a été l'intendant de son mari et le vieux Matty est toujours là. Ces terres sont les siennes. Aléïde, dont le visage a repris quelques couleurs dans le vent du couvent, esquisse un sourire. Ces hommes sont ses amis. Sa vie au couvent était l'antichambre de la mort, mais pour elle la vie existe de nouveau.

– Comment sort-on d'ici ? lâche Aléïde.

– Par la porte ! plaisante Willibert qui vient de les rejoindre. Il est inutile de dire au revoir, je l'ai fait pour vous. Votre belle-sœur a accepté votre enfermement sans poser de questions, désormais elle n'en pose pas non plus pour votre libération. En route, madame.

– Ne repassons pas par ma cellule, s'il vous plaît, je n'ai rien à moi là-bas.

Aléïde suit ses quatre sauveurs jusqu'au carrosse, direction le castel des Possoles de Meynac. Sitôt assise, Aléïde ôte sa coiffe. Mauro la lui prend et la jette par la fenêtre. Ils découvrent tous ses cheveux courts qui la rendent si jeune encore.

26

Aléïde et les quatre complices regagnent son domaine sans encombre.

À peine a-t-elle mis pied à terre qu'elle se précipite dans ses appartements et claque la porte de sa chambre. Nul ne doit la voir en ces lieux dans sa robe de bure. Elle enlève immédiatement les vêtements maudits, les jette dans la cheminée et demande à Matty de les brûler au plus vite. Elle s'installe à sa coiffeuse. Ses poudres, ses onguents, ses parfums sont toujours précieusement rangés. Elle réclame un broc d'eau fraîche. Ragaillardi, le vieux majordome s'exécute. Elle s'asperge et se lave de toutes ces heures passées dans la sombre prière du couvent. Aléïde revit. Matty indique les robes de madame, soigneusement pliées.

– Je les avais remisées.

– Matty, Matty… merci.

Quelques minutes plus tard, redevenue vicomtesse dans une élégante robe pourpre, elle laisse apparaître un buste à la peau diaphane mais toujours aussi gracieux. Peut-être plus encore, une sainte, songe même Noyès. Aléïde rejoint tous ceux que Mauro a réunis dans l'entrée. Matty le fidèle est au premier rang, il ose à peine bouger. Il regarde avec tendresse Aléïde.

– Madame la vicomtesse, quelle joie de vous revoir enfin… Ah, madame… je… je…

Il baisse la tête pour cacher son émotion.

Aléïde le prend affectueusement dans ses bras, un geste qu'elle n'aurait jamais osé auparavant.

– Mon bon Matty, ne pleurez pas, souriez, je suis tellement heureuse moi aussi, souriez ! Souriez, vous tous, aussi… lance-t-elle à la dizaine d'employés du castel, qui se sont réunis pour l'accueillir.

Tous s'inclinent. Les plus anciennes femmes de chambre viennent lui baiser les mains. Mauro et ses amis esquissent au même moment un sourire.

Ils se regardent étonnés de leurs sentiments ainsi affichés.

Aléïde parcourt alors les pièces du rez-de-chaussée.

Tout lui paraît triste, vieillot, sans âme, avec aux murs des tableaux représentant les ancêtres de la famille de son défunt mari… que des hommes.

– Matty, décrochez-moi ces têtes de Carême et envoyez-les à la mère supérieure du couvent de Cadouin. Ce sera mon cadeau d'adieu.

– Avec plaisir, madame la vicomtesse, acquiesce Matty, enchanté par cette malicieuse idée.

Aléïde retrouve son humour, sa joie de vivre. Elle passe de pièce en pièce, radieuse. Le ton de sa voix redonne espoir aux occupants des lieux.

– Et enlevez-moi tous ces immondes rideaux, je n'ai rien à cacher. Laissez entrer la lumière. Remplissez les vases de roses.

Elle tire les rideaux, ouvre les fenêtres, retrouve ces odeurs de terre, de vignes et des champs, toutes ces odeurs qui lui manquaient tant. Elle respire à pleins poumons.

– Les roses sont magnifiques en ce moment, madame, la roseraie est intacte, j'y ai veillé personnellement et les pieds de roses du Bengale ont enfin fleuri, l'informe Matty qui semble revivre lui aussi.

– Le vicomte aimait les armes, eh bien je ferai de cette bâtisse la maison des fleurs et nous donnerons bientôt un grand bal de la rose pour fêter mon retour, annonce Aléïde solennellement.

– Excellente idée, madame ! Ce sera plus joyeux que la fête du canon de votre mari, ironise Mauro. Néanmoins nous souhaiterions vous entretenir de la suite à donner à vos activités de propriétaire, si vous le permettez. Peut-on en discuter dans le grand bureau maintenant ?

– Tout de suite ? interroge Aléïde.

– Oui, madame, il faut vous organiser. Ne perdons pas de temps.

Ils se retrouvent autour de la grande table où le vicomte recevait ses intendants chaque mois. Voir Aléïde désormais présider ravit Mauro, qui parle en premier.

– Concernant l'exploitation de vos terres et des fermages alentour, tout est en ordre. Quand je suis parti d'ici, les comptes étaient à jour et les intendants adjoints affectés à chaque tâche compétents, je les connais bien. Il suffira de les réunir et de leur donner vos instructions pour que les choses continuent de la sorte.

– Mais… j'ignore si je saurai m'acquitter d'une telle tâche, s'inquiète Aléïde.

– N'ayez crainte, madame la vicomtesse, on a tout prévu. On restera pour s'assurer que tout est en place, rassure Noyès, qui reprend pour l'occasion son ton de prêtre. Sa présence suffit à apaiser la vicomtesse.

– Nous avons même fait le nécessaire pour que les nouveaux représentants du royaume, à la tête desquels le gouverneur lieutenant général de la province, soient fiers d'accompagner la première femme à occuper de telles responsabilités, continue Thérold.

– Mais comment avez-vous fait ? demande Aléïde.

– C'est grâce à vous, madame, il est donc juste que cela vous profite désormais, intervient Mauro.

– Votre oncle Bastien Ménezeau de la Gallière nous

a ouvert de nombreuses portes à Paris grâce à votre recommandation...

– Des portes capitonnées, bien épaisses, mais qui donnent directement sur les allées du pouvoir, ajoute Willibert, satisfait de sa formule.

La vicomtesse lance un regard reconnaissant et affectueux à ses sauveurs. Elle découvre le sens du mot gratitude, elle qui n'en avait jamais reçu.

– Imaginez, madame, vous allez porter au plus haut les mérites des femmes dans ce monde où le pouvoir est depuis toujours conjugué au masculin. Vous savez, il y a dans notre histoire des femmes de lettres, des femmes d'État, la Pompadour en est une à sa manière, des femmes de sciences, des femmes de guerre... énumère Noyès.

– Et vous, vous serez la première « femme des terres de France », ajoute Mauro qui tient à surenchérir.

– Et ce n'est pas tout, poursuit Willibert. On ajoutera à la liste une manufacture... oui, madame, on en vient aux forges de votre mari, celles de Savignac-Lédrier. Elles vont être dirigées par une femme. Cela n'existe dans aucun autre pays. On s'est renseignés !

– Messieurs, messieurs, je vous en prie, votre amitié qui m'est précieuse, ô combien, vous entraîne un peu trop loin.

– Mais pas du tout, la coupe Willibert, c'est une activité qui se développe au fur et à mesure des conflits et ce n'est pas près de s'arrêter. Les forges de votre mari sont bien implantées. Les acheteurs existent. Je les ai vus !

Willibert se lève et s'agite dans tous les sens.

– C'est un marché en pleine expansion, tente-t-il de la convaincre, ici, en France ! Et partout sur le continent ! Il emploie de nombreux ingénieurs, et des familles entières vivent de ce commerce.

– Pourtant, des hommes vont mourir à cause de nous, rétorque Aléïde.

– Ah oui ! Mais, ma chère Aléïde, la violence de l'humanité est plutôt l'affaire de Dieu, conclut Noyès, sentencieux, pour éviter un sujet qui devient embarrassant.

– Soyez rassurée, madame la vicomtesse, enchaîne Willibert, je suis soldat de métier. Et avec votre accord, je m'occuperai du commerce des armes, je resterai ici en Dordogne près de vous, pour en vérifier le bon fonctionnement. Les revenus que vous en tirerez serviront aux œuvres que vous soutenez. Et puis vous verrez, vos gens vous seront reconnaissants d'une telle audace ! Mes amis, ici présents, m'ont désigné pour vous aider.

Les trois approuvent.

– Et puis, enfin, je suis l'aîné de ma famille, je dois m'occuper de ma mère qui vit à côté d'ici. Mon père n'est plus depuis quelque temps déjà et...

– Votre mère est veuve ? s'étonne Aléïde en regardant les deux frères.

– Oui, un accident sur un champ voisin, un coup de canon...

– Un accident... avec un canon ? Comme pour mon mari ?

– Oui, comme pour votre mari, c'est ça, y a des hasards bien curieux, lance Mauro qui n'en dit pas plus.

– Je suis désolée pour votre mère, messieurs, vous lui transmettrez tous mes regrets. À présent, laissez-moi un peu de temps pour réfléchir à toutes ces nouvelles idées que vous avez imaginées. Matty va vous conduire dans l'aile réservée aux invités. Nous reparlerons de tout cela demain. Pour l'heure, je suis fatiguée.

– Entendu, madame, à demain, répond Noyès.

Il s'incline en tournant son chapeau de haut en bas, et de gauche à droite, pour saluer la vicomtesse.

Les trois autres tentent de l'imiter mais sont plus proches de Polichinelle.

– Attendez, Mauro, restez... allons visiter la roseraie. J'aimerais en faire une « Académie de la rose », et que vous me disiez ce que vous en pensez, à cette heure du jour, vous allez voir, c'est inoubliable.

Aléïde prend Mauro par le bras. Les trois compagnons font semblant de ne pas avoir remarqué son geste délicat.

Ils ne revoient Mauro que le lendemain dans les cuisines à l'heure du déjeuner, vers neuf heures.

Thérold, devant un bol de chocolat et une assiette de semoule, choisit l'ironie :

– Holà mon garçon, t'en as mis du temps !

– Ça a l'air loin, la roseraie, dis donc, se moque Noyès.

– Le temps d'y aller et de revenir, l'abbé. Ç'a été... un très bel aller-retour ! rétorque Mauro sur le même ton. Au fait, j'ai croisé la vicomtesse ce matin. Elle a accepté les projets que nous lui avons soumis. Elle vous remercie infiniment.

– Bravo petit ! sourit l'abbé.

– Mais je n'y suis pour rien, messieurs, répond Mauro en entamant un pâté de sanglier qui traîne devant lui.

La longue promenade nocturne l'a mis en appétit. Noyès ne résiste pas.

– Mirebalais un jour, mirebalais... toujours ? ajoute-t-il, l'air aussi satisfait que ses compères.

27

– Allez, allez, dépêche-toi !

Thérold presse Mauro, devant la maison de Lison.

– J'arrive ! J'arrive !

Mauro tient Salvin dans ses bras, il le trouve beau, beau comme sa mère. L'enfant sourit à ses caresses. Mauro l'embrasse tendrement et rejoint Thérold. Il n'a pas envie de partir.

Dans ce monde paysan, et d'autant plus dans la famille Mortesagne, le père conduit ses enfants jusqu'au seuil de leur vie d'adulte. Mauro est absent depuis la naissance de son fils et c'est bien parti, hélas, pour continuer. En cela, il ne respecte pas la tradition. Il abandonne une famille sur laquelle il devrait veiller. Que retiendra de son père cet enfant qui l'a si peu vu ? Mauro culpabilise.

– Tu as tort, tu n'es coupable de rien, répète Lison. Tu ne nous abandonnes pas. Tu as un destin, Mauro, moi je le sais depuis toujours. Pars l'accomplir, pars chevaucher, tu es mon amour à vie ! Je t'attendrai avec ton fils le temps qu'il faudra. Des nouvelles, tu en auras chaque mois, grâce à Willibert qui reste ici. Il ne m'arrivera rien, ne t'inquiète pas, Grégoire veille sur nous, il sait pourquoi il est là.

Il la serre dans ses bras, l'embrasse longuement. Elle sent les blés, le linge propre et le lait. Il tente de tout garder en tête, comme on retient une poésie.

Il monte sur son cheval, se retourne une dernière fois, Lison sur le pas de la porte, la jupe sombre, haute, serrée à la taille, le buste droit, un foulard bordeaux dans les cheveux, Salvin contre elle. Un vrai tableau tendre et touchant. Lison essaie d'éviter de pleurer mais n'y parvient pas. Elle lui adresse un dernier baiser, lui montre Salvin comme un trophée.

– C'est ton fils, déclare-t-elle. Il nous appartient.

Willibert s'approche de Mauro.

– Surveille bien la Champbrun, lui recommande son aîné.

– Ne t'inquiète pas. Et toi, prends soin de la mère, veille sur Aléïde, et surtout protège ma Lison et notre fils.

– Compte sur moi.

Willibert flanque une dernière tape sur l'encolure de la monture de Mauro et les engage à abandonner les lieux.

– Allez...

L'abbé Noyès, maître Thérold et Mauro quittent la

Dordogne, ragaillardis mais le cœur gros, et chevauchent à vive allure vers Paris.

À l'auberge de la Pomme de Pin, leur camp de base, les trois amis retrouvent le père Chapuis quelques jours plus tard.

– Ah ! vous revoilà, vous autres ! Je commençais à m'ennuyer ! Venez boire un pichet.

Il invite les trois hommes à s'asseoir. Mado pose les godets devant chacun.

– Alors ? On enlève qui ? On vole quoi ?

– Du calme, du calme, Chapuis... on a eu notre ration ces derniers temps. Laisse-nous nous poser un peu, veux-tu ?

– Oui, mais y a Simon Ladevie, vous savez, l'adjoint de l'intendant général de police, qui est venu l'autre jour, il vous cherchait, il a une nouvelle mission, paraît-il, pour maître Thérold, et tu seras payé pour ça, Léon ! Voilà, moi, j'ai passé le message, rapporte Chapuis, bien content de ne pas en savoir davantage. Messieurs, trinquons, maintenant ! Après j'irai préparer vos chambres. Comme vous n'êtes plus que trois, je vais vous installer de l'autre côté, avec vue sur la cour, c'est plus calme, et surtout... y a une sortie discrète sur la rue. On ne sait jamais, un jour, si vous êtes pressés, ça pourrait toujours servir...

Chapuis fait tinter son godet puis monte dans les étages.

– Il a raison, Chapuis, une sortie dérobée, c'est pas inutile, constate Thérold, nous devons assurer nos arrières.

– À tout point de vue d'ailleurs, précise Noyès.

– T'as raison, l'abbé. Parlons maintenant de nos économies. Elles sont à l'abri chez le bijoutier, mais elles ne vont pas se multiplier toutes seules ! Toi, tu n'as pas besoin de beaucoup d'argent, hein ? Allez, un peu de vin et une galante, ça coûte pas cher, ça, non ?

Noyès approuve, un sourire aux lèvres.

– Willibert, lui, il va vivre avec les revenus des forges de Dordogne. Mais toi, Mauro ?

– Moi ? T'inquiète pas. Depuis la disparition du notaire, je te rappelle que j'ai un travail, je suis toujours l'intendant des terres de Bourgogne du baron de Champbrun. Avant de partir pour Sarlat, j'avais même démarré les semis de pommes de terre. Les récoltes vont commencer d'ici trois mois. Vu le nombre d'hectares dont le pauvre vieux dispose, j'ai calculé que, s'il me verse ne serait-ce que cinq pour cent du montant total de ses revenus, je pourrai m'acheter une ferme chez nous dans les deux ans qui viennent.

Chapuis, de retour, a entendu le nom du baron.

– Tu lui veux quoi, dis donc, au baron ? C'est le mari de la femme chez qui je t'ai amené si souvent ?

– Oui, répond Mauro, le baron de Champbrun, et sa femme, celle qui boitille…

– Bah, dépêche-toi d'aller le voir s'il te doit de l'argent… il a chuté de cheval, et d'après ce qu'on dit, il n'est pas près de remonter dessus.

– Qu'est-ce que cette histoire ? s'inquiète Mauro.

– Il était en forêt d'Ermenonville, sa dame était devant lui, il paraît qu'elle est partie au galop, il a voulu la rattraper, mais comme il est un peu lourd et plus très jeune, il est tombé.

– Il est mort ?

– Pas encore, les informe Chapuis. Il est à l'Hôtel-Dieu. Mais ça ne devrait pas tarder, il est pas en forme du tout.

– Mais on n'en sait pas plus ? interroge Thérold.

– Non, ils étaient seuls, c'est tout ce qu'on m'a raconté. Il n'y avait aucun témoin.

Mauro décide alors de se rendre chez la baronne pour connaître les nouvelles.

Arrivé devant l'hôtel particulier des Champbrun, près des Tuileries, il salue les domestiques, et monte à grands pas à l'étage jusqu'à l'antichambre de la baronne.

La porte s'ouvre, il aperçoit Marthe, souriante, qui termine de s'apprêter.

– Madame la baronne, je viens d'apprendre pour votre mari. Je suis arrivé le plus vite possible.

– Ah ! Mauro ! Heureuse de vous revoir ! Vous nous avez manqué. Eh oui, c'est pas de chance, mon pauvre, mon mari est bien mal en point. Ça me fait beaucoup de peine, déclare-t-elle, sur un ton qui laisse penser tout le contraire.

Mauro reste interdit.

– Mais... il souffre ?

– Oui, bien sûr, et pas qu'un peu, mais on lui donne beaucoup de calmants ! Il dort presque tout le temps.

– Je peux lui rendre visite ?

– Oui... mais, vous savez... c'est un hospice, l'Hôtel-Dieu, ce n'est pas très... comment dire... gai. Je lui transmettrai vos salutations.

La baronne s'avance vers Mauro, doucement, presque féline. D'une voix suave, elle profite de l'instant et informe Mauro qu'il continuera d'exercer sa fonction d'intendant, mais qu'il devra désormais lui rendre compte de son travail. Après la disparition du notaire, elle a été contrainte d'abandonner le juteux trafic qu'elle et Eudes avaient organisé, mais aujourd'hui, avec l'indisponibilité de son mari, elle reprend légalement la main, et Mauro ne peut contester ce droit. Néanmoins, il ne peut s'empêcher de penser que cette chute de cheval accidentelle sert étrangement bien les affaires de Marthe de Champbrun.

Elle ferme la porte de sa chambre et demande à Mauro de s'asseoir.

– Vous avez bien fait de venir, Mauro. J'ai besoin de vous. Souvenez-vous, je vous avais dit, avant votre séjour en Dordogne, que la marquise de Pompadour avait acquis le droit, en tant qu'ancienne favorite, de choisir les jeunes filles qui assureraient les délices charnels de Sa Majesté. Je souhaite vous confier cette mission, Mauro. Le roi aime des filles jeunes, très jeunes même. Je vous rappelle qu'il ne doit s'attacher à aucune d'entre elles, sinon la marquise perdrait de son influence. Suis-je claire ?

– Parfaitement.

– C'est moi qui suis chargée de trouver les bonnes personnes. J'ai pensé à vous pour les tester.

– C'est ma « mission » ? Tester les jeunes filles avant le roi ?

– Précisément, répond-elle, et ces filles doivent être efficaces. Quand on rêve d'accueillir un roi, il faut avoir un palais entre les cuisses. À vous d'en être l'architecte, Mauro ! Vous examinerez la capacité de ces jeunes filles à satisfaire un homme comme le roi. Vous leur apprendrez tout ce que vous savez, cet art du sexe que vous chérissez et transmettez avec tant de générosité. Vous comprenez ? Il y a des maîtres de ballet, Mauro, eh bien vous, vous serez le maître des sens. Est-ce que cela vous convient ?

– Oui, chère Marthe, je vous ai bien comprise, murmure-t-il, espiègle, si proche d'elle qu'elle sursaute au souffle de ses mots suaves. Et la marquise, est-elle au courant que vous me confiez ce rôle d'« enseignant » ?

– Pas encore, mais, en cas de réussite, votre fortune est faite.

– Et la vôtre aussi, je suppose... Et je commence quand ?

– Dès demain.

28

Clotilde de Luybran-Saint-Josse est sagement assise dans l'antichambre de la baronne de Champbrun. Elle n'a pas l'air rassurée avec ses mains serrées sur ses genoux. La cadette du comte de Luybran-Saint-Josse, l'avocat le plus célèbre de Paris, présente quelques avantages charnels certains. Une peau claire, des yeux couleur d'ambre, de délicates taches de rousseur autour du nez mais aussi de la poitrine, et un port de tête d'une extrême élégance, une tresse de cheveux châtains clairs posée en couronne autour de sa tête. Elle ressemble à un papillon mûr pour s'envoler, comme l'a décrite sa mère, prête à tout pour faciliter l'ascension de sa fille. Sa présence illumine la pièce, la baronne devine vite qu'elle fera l'affaire.

– Clotilde ! Quel plaisir de vous retrouver !

La jeune femme se lève, intimidée, elle tend la main à Marthe de Champbrun qui préfère lui offrir ses bras.

– Je vous ai connue enfant, permettez que je vous

embrasse. Votre mère et moi avons si souvent joué au trictrac lorsque vous étiez encore enfant ! Et quand elle vous a présentée le mois dernier à Versailles, je n'en croyais pas mes yeux. Vous êtes devenue une ravissante jeune fille ! Je suis enchantée de vous recevoir ! Quel âge avez-vous, ma chère Clotilde ?

– Dix-neuf ans, madame.

La voix douce et calme plaît à la baronne.

– Parfait, parfait. Vous vous souvenez de ce dont nous avons parlé, et madame votre mère vous l'a sans doute confirmé : Sa Majesté apprécie particulièrement les beautés comme la vôtre.

Clotilde approuve de la tête en baissant les yeux, un léger sourire aux lèvres.

Jolie, timide, un corps parfait, Clotilde est charmante.

– Je vous laisse entrer dans le salon face à vous.

Marthe ne désigne rien d'autre que sa chambre.

– Un jeune homme qui répond au prénom de Mauro vous attend. Il vous enseignera quelques rudiments d'usage. Il vous guidera, vous donnera les règles de bienséance à respecter pour satisfaire le roi.

– Merci, madame, je ferai tout pour ne pas vous décevoir, tente de se rassurer la demoiselle.

– Oh, moi, peu m'importe, ma douce enfant ! C'est Sa Majesté que vous devrez charmer et ne pas décevoir. Mais je vous remercie de vos bonnes intentions.

Clotilde a semble-t-il bien appris sa leçon. Sans être tout à fait sûre d'elle, elle montre une assurance juvénile pleine de charme.

Elle pénètre dans la chambre, Marthe retient la porte. Mauro se tient face à la jeune fille. Il est vêtu d'une simple chemise blanche, ample, largement ouverte sur son torse et d'une culotte de soie, dont la braguette est fermée par un fin lacet de cuir, souvenir d'un ancien mirebalais.

– Mauro, je vous présente Clotilde, elle est un peu intimidée, je compte sur vous pour qu'elle se détende.

Elle referme la porte.

Mauro saisit la main de Clotilde et l'emmène vers la méridienne de velours rouge où elle s'assoit.

– J'imagine que vous savez pourquoi vous êtes ici ? Mais vous ignorez comment ça va se passer, c'est ça ?

– Exactement, monsieur. Ma mère m'a un peu renseignée, mais...

– D'abord, je suis Mauro, pas « monsieur », pas ici... Ensuite, votre mère est peut-être pudique, moi pas. Je vais tâcher d'être délicat. Votre allure plaira au roi, la rassure-t-il, debout proche d'elle. Charmant, ce grain de beauté, là, entre vos seins. Y en a-t-il d'autres ?

Il passe son index dessus, puis commence à défaire les boutons de sa robe, lentement, un à un.

Lorsque le dernier jupon glisse, elle se redresse et tente de cacher ses seins avec ses mains. Elle frissonne.

Mauro s'agenouille près d'elle et l'embrasse dans le cou, effleure ses seins avec sa langue, lèche son ventre et arrache sa culotte de coton.

Complètement nue à présent sur la méridienne, Clotilde respire plus fortement.

Mauro, avec une grande habileté, ôte sa chemise et défait le lacet de sa culotte de soie, laissant apparaître un membre qui se dresse.

Elle le saisit entre ses mains, le porte à sa bouche, puis laisse ses lèvres charnues le parcourir lentement, de haut en bas.

Bientôt, Mauro la soulève, l'allonge sur le lit. Elle sent les muscles de ses bras contre sa peau lisse et tendre.

– Caressez-moi, caressez-le, ordonne-t-il maintenant, en lui offrant son sexe en érection

Clotilde s'exécute sans mot dire. Elle est peut-être moins innocente qu'elle en a l'air, songe Mauro. Elle le porte de nouveau à sa bouche et utilise sa langue avec une grande efficacité.

– Très bien, ma belle. Écarte tes cuisses...

Clotilde les remonte très haut et Mauro n'a aucune difficulté à la pénétrer.

– Avance avec moi, lui susurre-t-il à l'oreille. Tiens-moi. Oui, bien, comme ça ! Écarte encore tes cuisses. Je ne te fais pas mal ? demande-t-il.

– Non... non... Encore... Rentrez-la encore, encore, gémit la jeune fille de plus en plus fort.

Mauro, couché sur deux seins bien ronds, goûte son plaisir mais sans oublier qu'il s'agit d'une leçon. Il en est ainsi pendant de longues minutes où le mirebalais Mortesagne retrouve ses ardeurs.

Clotilde s'essouffle, gémit de plus en plus.

Mauro accélère les mouvements du bassin. Elle se cabre, hurle de joie et jouit. Il la retient un peu plus contre lui et ralentit doucement.

Mauro la regarde, attendri. Leurs sexes se séparent.

– Je... je ne suis plus vierge ? interroge-t-elle, d'une voix doucereuse, pleine d'innocence.

Mauro sourit, moqueur.

– Un peu moins... juste ce qu'il faut pour faire illusion. Mais quand vous serez dans les bras royaux, utilisez toutes vos qualités exprimées à l'instant : pas de douleur, juste du plaisir. Soyez entreprenante. Pas comme une catin, la catin a envie d'être payée. Vous, vous avez simplement envie que le roi vous aime. Alors, aimez-le avec vos mains, votre bouche et votre sexe. Dites-lui que le sien est grand, gros, beau et il vous en aimera plus encore.

Clotilde reprend ses esprits.

– C'est toujours aussi... agréable ?

– Avec le roi, probablement. Mais n'oubliez pas de lui faire croire qu'il est un expert. Soit c'est vrai, et vous n'aurez pas à mentir, mais dans le cas contraire, faites semblant. Manifestez votre plaisir de façon démonstrative. Ça rassure les hommes, ça les rend forts, vous comprenez ?

– Oui, je crois que j'ai compris.

Marthe de Champbrun n'entendant plus de bruit dans la chambre en déduit que la séance est terminée. Elle ne prend pas la précaution de frapper, elle entre et regarde Clotilde, détendue, allongée sur le torse de Mauro, l'écoutant avec attention, ce qui l'agace un peu.

– Eh bien, jeune fille, vous m'avez l'air plutôt satisfaite. Et vous, Mauro, vous n'avez pas été trop... loin ?

Clotilde, qui n'a pas entendu la baronne, se cache, honteuse, sous les draps.

Mauro l'aide à sortir du lit et la raccompagne dans l'antichambre.

En revenant, il récupère un peignoir.

– Vous permettrez, madame, que je ne reste pas dans ma tenue de travail...

– Vous n'avez pas répondu à ma question. Il faut qu'elle reste un peu... innocente, vous voyez ce que je veux dire…

– Oui, je vois, mais je pense que le roi ne verrait pas d'un bon œil de faire mal à une jeune vierge et de trouver une tache de sang au milieu de son lit. Vous voyez ce que je veux dire ?

– Je vois très bien, mais la prochaine fois, épargnez-moi ces détails, s'il vous plaît.

– Et moi, je vous dispense de vos recommandations, lui assène aussi brutalement Mauro. Faites-moi confiance, Marthe. Appelons cela un… dépucelage en « minuscule ».

– Attendez-moi ici, s'exclame la baronne sèchement.

Elle appelle le majordome et lui ordonne d'accompagner Clotilde de Luybran-Saint-Josse jusqu'au départ du carrosse.

Mauro est maintenant allongé sur la méridienne, pieds croisés, mains derrière la tête.

– Alors, qu'en avez-vous pensé, Mauro ?

– Assez inexpérimentée… Mais très intéressée par le sujet. Elle avait déjà dû réfléchir à cet apprentissage. Je l'ai trouvée… bonne élève, déclare-t-il en se donnant des airs de professeur. Elle mériterait cependant une leçon supplémentaire, ajoute-t-il, perfide.

– Non mais vous n'y pensez pas, mon ami ! Nous ne sommes pas à une fête foraine, on n'a pas le droit à plusieurs essais… Et vous, d'ailleurs, comment vous sentez-vous ?

– Je suis resté un peu sur ma faim !

Il ouvre son peignoir.

La baronne, à la vue de l'entrecuisse de Mauro,

encore tout gonflé de la séance précédente, s'approche de la méridienne.

Quelques jours plus tard, non loin du château de Versailles, au Parc-aux-Cerfs, où était élevé autrefois le gibier royal, des ombres s'affairent au rez-de-chaussée depuis quelques heures. Un majordome de la maison du roi, une servante âgée et une cuisinière muette se tiennent prêts à recevoir, dans cette bâtisse aux allures de garçonnière, réaménagée sur les conseils de la marquise de Pompadour.

Un carrosse sans marque distinctive pénètre par la grille. En regardant de plus près l'homme qui en descend, on pourrait distinguer la silhouette du roi s'il ne portait de loup. Sa Majesté vient de temps à autre dans la maison de son bon plaisir. Le plus souvent, les jeunes filles choisies gagnent cette dépendance du château par des passages dérobés. Si le roi, qui craint les critiques malsaines de la cour, préfère rencontrer des jeunes filles de la bourgeoisie, il fait aujourd'hui une exception. Parmi ses « petites maîtresses », comme il les appelle, il a rendez-vous ce soir avec une jeune noble à la beauté éclatante, Clotilde de Luybran-Saint-Josse.

Le roi est conduit prestement vers un vaste salon aux couleurs sombres. Une table est dressée, quelques fruits et du vin de Champagne y sont servis. Le roi est là pour l'invitée d'un soir, avec tout le rituel que cela suppose.

Il aime bavarder avec celles qui savent le distraire, d'autant que Sa Majesté a la réputation d'être plutôt mélancolique. Pour le reste, pas de surprise. Les plus expertes pensent parfois être, un jour, de nouveau reçues. Mais la plupart sont vite oubliées.

Une fois le roi installé comme il se doit, la jeune Clotilde le rejoint. Elle aussi porte un loup. Elle descend les étages, tremblante, à l'idée de l'homme qu'elle s'apprête à rencontrer.

Certes, les conseils de sa mère se bousculent dans sa tête. Mais elle n'a pas oublié celui de Mauro : si le roi est un expert, tant mieux, si c'est faux, faire semblant d'être satisfaite.

Elle pénètre dans le salon aux lumières tamisées, le cœur tremblant. Elle ôte son loup avec beaucoup de délicatesse. Le roi est surpris par un visage aussi bien dessiné dont le regard est presque indécent. La marquise fait décidément toujours le bon choix.

Dès son arrivée, Clotilde montre des connaissances artistiques et historiques propres à dérider Sa Majesté et manifeste une curiosité que le roi aime satisfaire chez ses interlocutrices.

Elle gagne la première manche.

Dans une chambre attenante, le temps aidant, Clotilde dévoile un corps voluptueux et des dispositions telles que « le souverain aimant » se montre sous le charme d'une jeune fille aussi attentionnée que bruyante. Les murs résonnent bientôt des ébats royaux. Clotilde, plus hardie que jamais, plaque le roi sur le dos et s'assoit sur son sexe toujours rigide. Louis trouve cette position originale. Elle lui permet d'aller au plus profond de la jeune fille. Le valet de chambre personnel du roi fait évacuer par pudeur les pièces du rez-de-chaussée. Clotilde a retenu, semble-t-il, les leçons du mirebalais Mauro Mortesagne. Elle reste jusqu'au petit matin. D'autres nuits suivront, comme d'autres jeunes filles, remerciées plus ou moins tôt. Quant au roi, il saura féliciter la Pompadour d'avoir su veiller à son bien-être.

29

Maître Thérold s'avance dans une rue exiguë près des Tuileries. La nuit est tombée sur Paris et les rats ont envahi la chaussée. Simon Ladevie le rejoint, veste sombre, col relevé, le chapeau enfoncé sur la tête, tout en discrétion.

– Chapuis m'a signalé que vous souhaitiez me voir.

– Oui. Il paraît que vous revenez du pays ? demande Ladevie de son accent chantant pour engager la conversation.

– Pour affaires, oui.

Thérold ne tient pas s'éterniser sur ce sujet. Ladevie comprend et en vient au fait :

– Nous sommes à la recherche d'une bande de pilleurs qui sévit depuis des mois, et on a du mal. Est-ce que, avec vos hommes, vous pourriez...

– Vous avez de quoi nous payer ? l'interrompt, un peu abrupt, le maître d'armes.

– Holà mon ami, vous êtes un rapide, attendez que je vous explique de quoi il retourne.

Thérold, d'un moulinet de la main, lui indique de continuer.

– Ils pillent des châteaux, des églises et des hôtels particuliers. Puis ils revendent leurs trésors aux marchands et receleurs de Paris, mais aussi de province. Jusque-là, rien de neuf. Ils réussissent même à vendre aux bourgeois qui veulent imiter la noblesse en achetant des œuvres moins cher. Là encore, pas de surprise, mais la dernière fois, ils ont pillé l'hôtel d'Évreux. Et savez-vous à qui il appartient ?

Thérold l'ignore.

– Ne cherchez pas, vous ne trouverez pas. Il appartient à Madame de Pompadour, qui est, je vous le rappelle, la protégée du roi. Sa conseillère.

Thérold garde le silence. Il aime bien ce Simon Ladevie, efficace sans être grandiloquent. Thérold ne laisse rien transparaître mais tout ce qui concerne la Pompadour l'intéresse au plus haut point.

Ladevie lui confie.

– Je ne vous cache pas que cette affaire est devenue notre priorité. Quiconque arrêtera ces pilleurs aura la pleine bénédiction du roi et de son ancienne favorite... Et la mienne avec !

– Parfait, j'accepte. Donnez-moi un mois et je boucle l'affaire...

Thérold le salue et fait demi-tour.

– Mais attendez... Je ne vous ai pas dit combien je vous pouvais vous rémunérer.

– Je fais une exception. Je me paierai tout seul, déclare Thérold sans se retourner. Vous inquiétez pas.

Ladevie fait une moue pleine d'incompréhension, puis, par dépit, lève les yeux au ciel, sans réellement saisir ce que les mots de Thérold signifient. Qu'importe après tout, pourvu que le travail soit fait, bien fait, et rapidement fait.

Les semaines suivantes, Thérold et ses fidèles reprennent du service. Anciens soldats, bretteurs patentés et hommes de main sans scrupule, ils écument toutes les auberges et tripots de Paris et des villages alentour. Parmi les pistes les plus sérieuses, celle d'un ancien bedeau reconverti dans le commerce clandestin d'objets du culte, ou encore une famille d'acrobates gitans, spécialistes des tableaux de maître, qui utilisent les talents d'enfants pour grimper aux fenêtres et crocheter les portes de l'intérieur. Mais aucune d'entre elles ne mène aux meubles de la Pompadour. Quinze jours s'écoulent.

À l'est de la capitale, dans le quartier des ébénistes, non loin du faubourg Saint-Antoine, au petit matin, un certain Bouillaguet, l'un des hommes de Thérold, prend sa collation. Une énorme tartine de saindoux à la main, il entend, à la table voisine, un homme proposer un lot de marchandises.

– J'ai une dizaine de chandeliers, deux commodes d'André-Charles Boulle, trois portraits de Claude Gellée, plusieurs vases en porcelaine de Sèvres.

L'homme ne veut pas vendre au détail, c'est tout ou rien, répète-t-il. Bouillaguet tend un peu plus l'oreille. Qu'un homme aussi débraillé offre de si belles pièces le surprend.

– Pardon, messieurs, mais c'est une sacrée dotation dont vous causez là ! lance Bouillaguet en voisin.

L'homme, peut-être l'un des pilleurs, lève la tête, méfiant.

– Vous êtes qui, vous ?

– Bouillaguet, restaurateur de meubles, sur le faubourg. J'ai la petite boutique au bout de la rue.

Il ment sans vergogne, sachant que l'homme n'ira jamais vérifier.

En désignant celui à qui la proposition a été faite, Bouillaguet annonce :

– Si monsieur n'en veut pas, moi j'achète les lots entiers et je les écoule en province. J'ai beaucoup de clients pour ça. Je n'achète pas à la pièce.

Le supposé pilleur ne répond rien et avale cul sec le verre d'alcool fort devant lui. Il semble tendu. L'assurance affichée par Bouillaguet le déconcerte.

– Si ça vous intéresse, on vous montre la marchandise

ce soir, au fond de l'impasse du Renard, près du Palais-Royal, chez le bijoutier Odon Lebailly. Attention, il faut payer comptant et emporter le lot sans attendre.

– Eh bien, j'y serai. À quelle heure ?

– Euh, vers neuf heures.

– Ah oui, à la nuit tombée, quoi !

Bouillaguet fait un clin d'œil et termine sa tartine de saindoux.

À peine sorti de l'estaminet, il rejoint Thérold à Montreuil, à l'est de Paris, dans un entrepôt de fruits tenu par un ancien soldat, un invalide de guerre qui s'est reconverti dans les principes horticoles en pleine expansion. Sa spécialité, ce sont les murs à pêches, un fruit apprécié à la cour. Tous les murs de l'exploitation en sont tapissés. Un grand abri sert de remise. La lumière pénètre par de hautes fenêtres, l'endroit sent bon. C'est ici, chez son vieux compagnon, que le maître d'armes tient ses réunions secrètes, dans l'arrière-boutique, devant quelques pichets de vin cuit.

– Le type n'a pas l'air tranquille. Des dents gâtées, le paletot élimé, et la mine des jours sans savon. La marchandise vient sûrement d'un pillage, annonce Bouillaguet.

– Faut voir. On y fera un saut. Vous viendrez avec Noyès, Mauro et quelques autres, pour un coup de main, on ne sait jamais.

En fin de journée, à l'auberge de Chapuis, Mauro et le reste de la troupe écoutent silencieusement Thérold exposer son plan. Le bruit de la fenêtre ouverte qui donne sur le pont Notre-Dame couvre la voix du maître d'armes. Tous redoublent d'attention.

– Le nom du receleur, c'est Odon Lebailly ? Mais c'est pas le bijoutier à qui on a confié notre argent ? demande l'abbé.

– Si, si, confirme Mauro. Je vous l'ai dit tout de suite qu'il avait une gueule de faux tableau, celui-là !

– On restera à l'extérieur, il faut pas qu'il nous reconnaisse. Bouillaguet, toi, tu continueras à jouer le marchand de meubles.

Sur les lieux, à l'heure dite le pilleur les attend sur le pas de la porte. Il conduit Bouillaguet dans l'arrière-boutique, puis descend par une trappe dans une immense cave voûtée, humide, où sont entreposés des meubles et des objets en vrac. Quelques bougies éclairent difficilement la pièce. Au milieu, Odon Lebailly, une lanterne à la main, en robe de chambre.

– Dépêchez-vous. J'attends d'autres clients dans une heure. Dans le fond là-bas, c'est là qu'il y a les pièces fragiles.

Quand Bouillaguet commence à s'habituer à la pénombre, il se trouve devant un véritable mont-de-piété clandestin. Sur des tables posées le long des murs, des bougeoirs en métal, des vêtements, de la vaisselle en étain, il y a de tout ! Mais rien jusque-là ne correspond à la liste établie par Simon Ladevie. Ils traversent sur des planches en bois la moitié de la pièce, au fond de laquelle une porte est fermée à clé. Lorsque Odon Lebailly l'ouvre, Bouillaguet se trouve face à la caverne d'Ali Baba !

– Voilà, ici, c'est plus cher. Je vends pas au détail, comme on a dû vous le dire.

Cette fois les objets ont une tout autre valeur. Le pilleur joue les éclaireurs.

Tous les chandeliers sont en argent.

Les bergères en bois précieux sont recouvertes de velours.

La vaisselle est dorée à l'or fin.

Un tableau de Quentin de La Tour représente la Pompadour.

Des rideaux de soie sont entassés dans d'immenses paniers.

Tout cela correspond cette fois au descriptif de Ladevie.

Quand Bouillaguet repère les vases à tulipes en porcelaine provenant de la manufacture de Sèvres, il n'a plus aucun doute : une grande partie de ce butin provient de l'hôtel d'Évreux. Il fait mine d'évaluer chaque pièce.

– Bon, c'est pas mal, dites-moi combien pour les commodes, les tableaux là-bas, toute l'argenterie, les sièges du salon, là, les quatre vases et tous les tapis.

– Vous prenez tout ça ? s'étonne Lebailly.

– Oui. Combien ?

– Attendez, je calcule. Si j'ajoute les rideaux, je vous fais le tout à trois mille cinq cents livres.

– Ah oui, monsieur est gourmand. Deux mille cinq cents livres et on n'en parle plus, répond Bouillaguet qui fait semblant de marchander.

– Trois mille livres, lance Lebailly, c'est une marchandise unique, y en a pas deux de cette qualité, à vous de voir. Je descendrai pas plus bas !

Bouillaguet serre les poings et se retient. Il a une énorme envie de lui écraser sa sale tête contre un mur, mais le moment est malvenu.

– Bon, allez, trois mille, vendu, conclue-t-il. Je vais chercher mes porteurs, on va mettre tout ça sur ma charrette. Je suis de retour dans une demi-heure, voilà un acompte.

Il tend deux mille livres.

Bouillaguet remonte et court retrouver ses compères.

– C'est bien le butin de l'hôtel d'Évreux, reconnaît-il, encore tout essoufflé. Tout est au sous-sol, j'ai dit que je revenais dans une demi-heure, ils ne sont que deux, ils m'attendent.

– Bon, va prévenir Ladevie, il est au courant. Dis-lui qu'on a trouvé le receleur et un des pilleurs, et qu'il nous envoie une patrouille.

Un peu plus tard, Thérold et son équipe, accompagnés des policiers, investissent rapidement la boutique du bijoutier-receleur et de son complice. Ils n'ont aucun mal à les immobiliser. Ils en profitent pour récupérer leur argent, qu'ils avaient laissé chez Lebailly en dépôt.

Il faudra une bonne partie de la nuit pour le transfert de tout le butin, direction les écuries de l'auberge de Chapuis. Dans l'obscurité, un étrange cortège roule sur les pavés désertés de la capitale. Qui peut donc bien déménager à cette heure-là ?

30

À l'hôtel de Champbrun, Mauro est annoncé dans le petit salon. Il s'avance d'un pas lent, mal à l'aise dans son nouveau costume façonné par Monsieur de Cay. La servante qui l'accompagne ne l'avait pas reconnu sous sa perruque avec son jabot multicolore. Elle est également étonnée de l'odeur fleurie du parfum dont le jeune homme s'est aspergé.

À sa vue, la baronne éclate de rire, un rire bruyant et vulgaire. Après quelques minutes, elle tente de reprendre ses esprits. Mauro est planté devant elle.

– Mais comment êtes-vous attifé, mon ami ?

Elle passe en revue toutes les parties du costume de son intendant, non sans s'esclaffer.

Visiblement, la mode vestimentaire est passée.

– Je peux ?

La baronne attrape des ciseaux dans la boîte à couture posée sur une table basse. Elle coupe tout d'abord quelques boucles de la perruque, puis raccourcit les manches du jabot qui dépassent de la redingote.

– On dirait que vous portez des abat-jour au bout de vos bras ! Voilà, c'est mieux comme ça. Un peu moins voyant, surtout... Dites-moi, vous comptiez vraiment vous présenter devant Madame de Pompadour dans cet accoutrement ? Mais Mauro... ce n'est pas le banquet de la foire aux ânes de Mirebeau !

Elle tente maintenant de réajuster la perruque qui a pris un sérieux coup de gîte.

– Ah, mais arrêtez donc de gesticuler ! Remarquez, vous êtes assez drôle comme ça... Hmmm... non, finalement, je crois qu'il vaut mieux supprimer la perruque. Attachez vos cheveux blonds. Ayez l'air d'un gentilhomme, c'est plus de circonstance. Puis de toute façon, il est l'heure.

Le temps de traverser la Seine et de braver les embarras de Paris, le carrosse de Marthe s'arrête devant l'hôtel d'Évreux.

La marquise est assise dans son boudoir couvert de miroirs, pareil à une galerie des Glaces miniature.

Elle s'amuse d'avoir introduit ici quelques jours plus tôt des moutons de sa bergerie.

– Imaginez, chère Marthe, les pauvres couraient, totalement perdus ! Ils voyaient leur reflet par dizaine. Ici ! Là ! Ils se cognaient partout. C'est une drôle d'idée je l'avoue, mais je ne m'attendais pas à un tel remue-ménage. Si vous aviez vu cela...

La poitrine sous la robe de taffetas grenat de Marthe de Champbrun se soulève au rythme de ses éclats de rire, aussi faux que la mouche au coin de ses lèvres. Elle se reprend aussitôt.

– Madame, je suis venue vous présenter Mauro Mortesagne, ce jeune homme dont je vous ai parlé, que j'ai baptisé « le maître des sens » et qui offre des cours particuliers aux demoiselles que vous avez choisies pour Sa Majesté.

– Ah bien ! Bien ! Passons au grand salon et faites-le entrer, que je rencontre enfin celui que vous me cachez depuis tout ce temps... !

Elle tapote avec son éventail fermé la joue de Marthe.

Mauro est déjà installé, debout, près des bergères moirées cousues de fil d'or. C'est tout ce qu'il reste du récent cambriolage.

– Soyez le bienvenu, monsieur, pardonnez l'état de ce salon, mais on m'a volé une grande partie de mes meubles il y a peu. Regardez tous ces emplacements vides... Aux murs, ce sont des portraits volés ! Et là sur cette commode, il y avait quatre vases. Heureusement, ils n'avaient pas assez de bras pour ces buffets et cette table, ajoute-t-elle en désignant un ensemble en bois massif.

Elle poursuit :

– Je vous en prie, asseyez-vous... Tout d'abord merci. Marthe m'a vanté vos mérites, et elle avait raison, je peux vous dire en toute confidence que le roi est comblé par les jeunes filles qu'il reçoit dans ces appartements privés ou au Parc-aux-Cerfs. Et vous êtes en partie responsable de son royal plaisir.

Mauro s'incline.

– C'était l'objectif à atteindre, madame. Tout l'honneur est pour moi.

– Et puis, poursuit la marquise, votre réussite s'explique parce que vous avez, semble-t-il, les mêmes goûts que Sa Majesté.

– Oh, madame, si c'est vrai, je me jette à vos pieds.

La marquise, encore belle, n'est pas insensible à la délicate insolence de ce jeune homme.

– Vous avez de l'audace, cela me plaît.

Elle toise Mauro des pieds à la tête.

Un visage inscrit dans un bel ovale.

Des pommettes hautes.

Un regard provocant.

Un teint cuivré.

Des cheveux longs noués dans le cou qui lui procurent noble allure pour un intendant de province.

Elle s'attarde sur les muscles apparents sous sa chemise blanche échancrée. Le tout serré dans une redingote en cuir fauve.

Si ce n'était la marquise de Pompadour, Marthe aurait eu l'impression d'assister à l'examen de passage d'un pur-sang par un maquignon.

La baronne pourtant s'agace du ton que prend la discussion, elle se croit presque obligée de préciser :

– Monsieur Mortesagne nous vient de Dordogne, c'est un authentique paysan, lâche-t-elle, lèvres pincées.

– Ah... oui... j'en suis ravie... Il est bon d'honorer nos régions, ma chère Marthe. Merci d'y contribuer.

Marthe veut sourire mais cela ressemble plutôt à une grimace.

– Vous voulez bien, Marthe, attraper la cassette, à vos côtés, sur le guéridon ?

Marthe saisit une cassette en métal brossé, sur laquelle on devine le P de Pompadour. En la soulevant, elle comprend qu'elle est pleine. Elle aimerait pouvoir l'ouvrir.

– Voilà, c'est pour vous, Mauro... Mauro ? C'est bien ça ? En guise de remerciements. J'en profite pour remercier Marthe de vous avoir mis sur notre route.

Marthe tend la cassette à Mauro qui se lève pour la recevoir.

– Merci, madame, votre générosité m'était connue. Désormais, j'en témoignerai personnellement.

Mauro a tous les culots, pense Marthe. Oser jouer les

petits courtisans devant elle l'insupporte au plus haut point. Il est temps d'interrompre cette visite...

– Permettez-moi, madame la marquise, de manifester mon désir d'être en toute circonstance votre humble serviteur.

Il se dirige vers la marquise, lui tend le bras et l'invite à le suivre. La Pompadour ne feint pas sa surprise, interroge Marthe du regard, tout aussi étonnée par ce geste effronté.

– Par ici, madame, s'il vous plaît...

Madame de Pompadour pose sa main sur l'avant-bras de Mauro, non sans déplaisir. Elle qui préfère les longues discussions charmantes aux acrobaties des alcôves apprécie le tour de cette surprenante entrevue.

Le jeune homme hardi la mène sur le seuil de l'hôtel d'Évreux face à la grande cour.

Marthe, restée derrière, s'inquiète.

Mauro frappe dans ses mains, les portes de l'hôtel s'ouvrent, et l'on entrevoit une charrette bâchée.

– Peut-on l'avancer jusqu'à nous ? demande Mauro.

La marquise accepte, intriguée et impatiente.

Thérold conduit la première charrette devant le perron. Deux autres suivent, emmenées l'une par Noyès, l'autre par Bouillaguet.

Tout le personnel de l'hôtel d'Évreux se poste aux fenêtres.

Mauro s'approche et débâche chacune d'entre elles.

La marquise découvre alors une grande partie du mobilier et des objets précieux qui lui ont été dérobés.

– Mon Dieu ! Mais, monsieur, vous êtes un magicien ! Comment avez-vous retrouvé tout cela ?

– Il faut remercier mes amis, madame : le maître d'armes Léon Thérold...

Léon descend et salue la marquise.

– ... l'abbé Noyès, pour un soir convoyeur...

L'abbé saute de la charrette et fait virevolter son chapeau.

– Et enfin l'ancien soldat Bouillaguet, désormais restaurateur, qui nous a bien aidés dans cette enquête.

Bouillaguet se lève, impressionné par la présence de la marquise, qu'il n'a jamais vue que sur des caricatures de tripots.

– Messieurs, je vous adresse mes compliments pour votre efficacité. Je n'oublierai jamais votre geste. Bravo ! Je vous en remercie sincèrement.

Elle regarde ses meubles, fait le tour des charrettes et, rassurée, salue les convoyeurs du jour, elle demande à ses valets de ne pas oublier de leur remettre plus tard des bourses bien remplies et elle regagne ses salons.

Les laquais et servantes s'empressent de récupérer le précieux chargement.

Marthe de Champbrun étouffe. Mauro en fait trop. Il récolte tous les compliments. Elle se sent humiliée. Elle se vengera.

Au moment de faire ses adieux, Mauro entend la marquise lui souffler à l'oreille :

– Repassez dans une heure. Seul.

Mauro s'éloigne de l'hôtel d'Évreux avec ses amis. La baronne de Champbrun part de son côté, toujours aussi furieuse.

Après avoir traversé le quartier des Champs-Élysées, Mauro prétexte une obligation. Il doit encore enseigner à une protégée son métier de maître des sens. Noyès esquisse un sourire.

– Ne m'attendez pas... Je vous rejoins à l'auberge plus tard, prévient Mauro.

Il rebrousse chemin. Maintenant, la nuit est tombée.

La porte d'entrée de l'hôtel d'Évreux est restée ouverte. Il s'annonce.

On lui ouvre et le conduit immédiatement dans les appartements privés de la Pompadour. Mauro se tient de nouveau debout, seul, dans le petit salon cette fois. Il y a peu de bougies et la pièce se trouve volontairement dans la pénombre. Dans l'embrasure, il reconnaît la silhouette de la marquise. Son déshabillé noir transparent laisse deviner un corps encore bien désirable. Mauro ne s'attendait pas à un tel spectacle, mais la situation l'impose, il s'approche. Arrêtée à un mètre face à lui, elle laisse tomber au sol son léger habit. Devant cet homme qui la regarde, elle caresse son cou, ses seins, parcourt son ventre jusqu'à son entrecuisse. Sans se départir, elle invite Mauro jusqu'au grand lit de la chambre dont elle vient de sortir.

Le jeune Mortesagne pourrait être ému, impressionné, indifférent, mais il n'en est rien.

Cette femme est plus douce qu'aguerrie, elle se dévoile muette à la cause amoureuse. Elle loue la vigueur du jeune Périgourdin, apprécie ses formes et ses ardeurs, mais pour l'instant ne cède en rien à une quelconque étreinte. Mauro apprécie, touché par cette intimité et cet étrange tête-à-tête charnel. Bien qu'il la désire ardemment, il refuse de profiter de sa position. La marquise n'en apprécie que plus la conduite du jeune intendant de la baronne. Mauro reste ébloui par l'amie intime du roi et comprend le charme exercé sur le divin souverain. Le temps s'écoule lentement. Les yeux de la marquise sont fermés, sa tête se renverse.

Ce soir-là, Mauro Mortesagne accomplit sa plus belle œuvre si l'on en juge par le visage serein de la Pompadour. Elle s'est dévoilée plus que de coutume. Mauro se rhabille et lui baise les mains en guise de remerciement.

– Monsieur, l'amour a parfois mille saveurs dont de nombreuses que j'ignorais. Pour cela, je vous remercie.

Mauro savoure, les yeux clos. Il l'écoute, comprend sa fidélité au roi, son ardeur à le satisfaire de toutes les manières, jusqu'à lui offrir de jeunes filles qui pourraient la supplanter.

– Puis-je revenir ? ose-t-il demander.
– J'allais vous le proposer.

Dans la nuit, à l'auberge de la Pomme de Pin, Noyès attend ses complices.

Mauro relate à ses amis tout ce qui a précédé l'arrivée des charrettes. La cassette, la marquise qui minaude, la colère muette de la Champbrun. Il oublie volontairement de raconter la suite. Par pudeur, par discrétion aussi. Décidément, ce jeune homme a fait des progrès.

Thérold, lui, conte par le menu comment le bijoutier a dénoncé l'ensemble de la bande des pilleurs pour éviter la prison. Pari perdu, il a été arrêté et conduit au Grand Châtelet. Mauro confie au passage à Chapuis que l'autre nuit, en rapatriant dans l'écurie de l'auberge les meubles de la Pompadour, ils ont emprunté un tonneau dans son cellier.

– Vous aviez soif à ce point ? demande l'aubergiste.

– Non, on a utilisé un tonneau vide pour le remplir des lingots et des écus que nous avions déposés chez le bijoutier.

– Eh ! C'est pas une banque, ici, vous êtes fous ! Vous le savez pourtant qu'il y a pas mal de malandrins dans le coin !

– T'inquiète pas, Chapuis, on l'a cerclé, scellé et marqué. On l'emportera d'ici quelques jours. J'ai gardé ça, ajoute Mauro, en montrant la cassette offerte par la marquise.

Il l'ouvre et donne à Chapuis plusieurs dizaines d'écus.

– Tiens, l'ami, c'est pas une banque, mais on te verse des intérêts ! Merci pour ton aide précieuse et ton vin qui fait du bien.

– Allez, maintenant, c'est au tour de l'abbé. Raconte !

– Ohhh... vous savez... ma vie actuelle est moins mouvementée que la vôtre. Moi, je confesse. C'est plus calme.

– Bah, après tout, c'est ton métier, non ?

– Oui, souvent je m'ennuie même. Mais, ces derniers temps, grâce à l'oncle de la vicomtesse, et surtout grâce à son ami le confesseur du roi, j'ai la chance d'entendre quelques jolies femmes à l'église Notre-Dame de Versailles. Et figurez-vous que...

Noyès marque un temps pour ménager son effet.

– Sers-moi un verre, Mauro, ça va t'intéresser...

Le jeune homme s'exécute, Noyès se gargarise et continue.

– ... je reçois une dame, bien mise, le visage en partie masqué par un voile de guipure. Malgré cela, je devine une certaine gravité. Elle me parle de sa fille Clotilde qui a été choisie pour les menus plaisirs de Sa Majesté. Elle me confesse aussi que la rencontre a été une réussite, mais hélas sans lendemain. Elle me demande alors si ce péché de chair peut être pardonné. J'ai déjà entendu ce genre de requêtes, là encore j'ai une réponse toute faite : « Madame, le don de son corps à son roi est un devoir de chrétienne. Votre fille a agi pour le royaume, bénies soient les sœurs d'amour. »

– Non ! Tu ne leur dis pas ça ? « Sœurs d'amour » ?...

Thérold n'en revient pas.

– Je n'ai pas le choix... D'une part il faut leur faire comprendre que c'est un acte de la plus haute importance qui doit rester secret, et d'autre part je suis devenu celui qui offre le pardon à toutes les pécheresses de Versailles et des alentours. Vous me comprenez ? plastronne l'abbé Noyès.

– « Bénies soient les sœurs d'amour »... je l'avais pas vue comme ça, cette Clotilde... Je m'en souviens, c'était la première, précise Mauro.

– Attendez, c'est pas fini ! Encore un verre, Mauro, réclame Noyès. La maman de Clotilde me confie alors qu'elle a doublé la mise pour que le roi convoque sa fille de nouveau. « Doubler la mise... malheureusement en vain ! » tient-elle à préciser. Je lui demande donc si cela signifie qu'elle a payé pour que sa fille soit acceptée. Et à qui a-t-elle donné cet argent ? Cette dame s'approche alors un peu plus de la grille et me souffle : « Je l'ai donné à la baronne de Champbrun. »

– Quoi ?

– Oui ! Tu as bien entendu, Mauro. Marthe se fait payer pour que tu couches avec ces filles et qu'elles se retrouvent, grâce à toi, choisies pour le lit du roi ! Le prix ? Mille livres !

– Et comment tu t'en es sorti ? questionne Mauro.

– Je lui ai dit que l'intermédiaire, la Champbrun, agit seule en son nom et que le roi ignore tout de cette transaction.

– Décidément, la baronne est incorrigible. Je la croyais maîtrisée, mais il va falloir la mettre au pas, conclut Mauro.

– La baronne de Champbrun, vous dites ? les interrompt Chapuis. Tiens, je crois qu'elle a perdu son mari. Il y a un grand drap noir, à ce qu'il paraît, sur sa porte.

À la première heure, le lendemain, Mauro s'engouffre sous le fameux drap noir tendu sur la porte de l'hôtel des Champbrun. Il prend à peine le temps de se découvrir. Dans le hall, plusieurs personnes toutes en tenues de deuil discutent à voix basse. Le majordome vient l'informer.

– Madame est à l'étage...

Mauro n'attend pas, grimpe les marches quatre à quatre et, sans frapper, pénètre dans la chambre du baron plongée dans la pénombre. Seules deux bougies installées sur des tables de nuit de part et d'autre du lit éclairent la pièce. Le défunt est revêtu d'une tenue d'apparat chamarrée et ses multiples médailles pendent en désordre sur sa poitrine. Mauro regarde cet homme, le visage abîmé par sa chute mortelle, mort sans savoir qu'il avait été abusé par son épouse. Mauro fait une génuflexion, se signe et s'approche de la baronne, seule, face au lit, à genoux sur un prie-Dieu, apporté pour l'occasion par le prêtre de la famille. Sur le visage pâle et figé de Marthe, on ne décèle aucune trace de larmes.

– Puis-je vous parler en tête à tête, madame ?

– Compte tenu des circonstances, ça peut certainement attendre, Mauro ?

– Non. « Compte tenu des circonstances », il est urgent que je vous parle.

Il invite la baronne à se relever.

– Ça va, ça va, je peux me relever toute seule ! Allons dans le bureau. Qu'est-ce qui vous prend ? Pourquoi cette précipitation ? Mon mari est à peine mort...

– Oui, mais il a souffert pendant des mois et cela par votre faute. L'intendant général de la police, sachant que je travaillais avec lui, a souhaité m'interroger à propos de la fraude organisée sur vos terres de Bourgogne. Et la mort de votre complice le notaire Eudes Rebertin. Une mort que vous avez programmée.

– Mais... euh... mais...

– Attendez, je n'ai pas fini. La police du roi est formelle : les étriers de votre mari ont été sectionnés avant votre galop en forêt, vous avez tué le baron.

La colère de Mauro est perceptible.

– Vous délirez, mon pauvre, se reprend Marthe. Rien ne prouve ce que vous dites.

– Possible. Mais les soupçons sont lourds.

– Mais de quoi vous mêlez-vous ? On ne vous a pas chargé d'une enquête !

– Ça ne devrait pas tarder. Et depuis quelques jours je sais aussi que vous avez fait payer les filles que j'étais chargé d'entreprendre avant de les offrir au roi. Vous m'avez entraîné dans un commerce de prostitution.

– Vous devriez avoir honte d'affirmer de pareilles choses devant la dépouille de mon mari.

– Je ne sais pas qui de nous deux doit avoir le plus honte, entre vous, « Madame la baronne de Champbrun », épouse soi-disant respectable, et moi, « Mortesagne, le simple petit paysan », comme vous dites. Aujourd'hui la vérité doit éclater. Vous vouliez les terres de votre mari, son argent, sa maison, son titre, vous avez tout cela désormais. Vous êtes cupide, Marthe, perfide et violente.

Le ton de plus en plus brutal de ce règlement de comptes a alerté le majordome qui a aussitôt fermé la porte du bureau.

Mauro et la baronne s'affrontent presque physiquement, chacun fait de grands gestes, au point que les bougies des chandeliers vacillent. Leurs cris et cette lumière qui balbutie déforment leurs visages. Marthe de Champbrun croyait avoir gagné cette dernière manche, elle s'est trompée.

– Pour lui, ajoute Mauro, en désignant le corps du baron, dans la pièce voisine, pour tous ceux que vous avez trahis, vous paierez.

– Sortez que je ne vous revoie plus ou j'appelle mes gens.

– À ne plus vous voir, madame, mais vous entendrez parler de nous, conclut-il en la saluant.

Dans une rue parallèle, Mauro retrouve Noyès et Thérold.

– Alors ?

– Alors, j'en ai pas fini avec elle. Désormais ce sera elle ou moi.

– Elle ou *nous*, corrige Noyès.

– Oui, ou *nous*, reprend Mauro, en serrant les mains de l'abbé et du maître d'armes.

31

Quelques jours plus tard, à quelques encablures du château de Louis XV, la vicomtesse Possoles de Meynac, dans sa voiture, rêve les yeux ouverts devant des paysages si distincts de sa Dordogne natale. Plus on approche de la ville royale, plus nombreux sont les bourgs qui débordent de vie. Les dix jours pour atteindre Versailles l'ont exténuée. Derrière, Willibert la suit dans son propre carrosse. Depuis le temps qu'elle voulait découvrir Versailles. Le château du roi, un désir d'enfant exaucé ! Les semaines suivant la mort de son mari, Hervé Possoles de Meynac, la vicomtesse a rattrapé le temps perdu en réclusion au couvent de Cadouin. Elle a sillonné la vicomté, instauré de nouvelles relations avec ses fermiers, Georges, le vieil intendant, a repris du service, elle a doublé la surface de sa roseraie et envisage maintenant de commercialiser ses fleurs en France et même jusqu'en Europe. Willibert Mortesagne a démontré sa science des armes. Son expérience des champs de bataille a été utile aux ingénieurs des forges dont la plupart n'avaient jamais été au combat. Il a orienté la fabrication vers les canons de marine, plus complexes et plus chers. Un envoyé du ministère de la Marine est allé au port de Bordeaux pour une démonstration en mer. L'opération l'a impressionné au point qu'une commande de plus d'une dizaine de pièces a été passée. Aléïde, la « Française » qui vend des « canons de la mer », comme elle se présente, est devenue célèbre dans toutes les chancelleries d'Europe. Sa renommée est parvenue jusqu'à Versailles. Le secrétaire d'État de la Marine en personne l'a conviée au nom du roi à venir présenter sur les bassins du château ses canons lors d'une grande fête de la Marine. La vicomtesse a regardé cent fois le sceau du roi avant d'être convaincue de son authenticité. Il a fallu plusieurs mois pour acheminer tout le matériel et équiper les embarcations qui navigueraient sur le Grand Canal. À Versailles, une chambre lui a été réservée dans un relais de chasse près du château. Willibert n'a pas résisté au plaisir de loger à l'auberge de la Pomme de Pin à Paris, où résident toujours ses amis. La fameuse fête a lieu le lendemain.

En fin de journée, Mauro gagne Versailles à cheval en compagnie de Noyès, Willibert et Thérold. La marquise de Pompadour leur a promis qu'elle ne les oublierait pas. Ils l'ont débarrassée de ces poètes haineux qui l'avaient insultée et ils lui ont restitué le mobilier volé à l'hôtel d'Évreux. Ces hommes lui ont prouvé leur attachement. Mauro plus que les autres. Pour les remercier, elle a obtenu qu'ils soient invités aux fêtes royales de la Marine au château.

Mauro et ses amis s'avancent vers l'une des entrées du parc. La nuit commence à tomber. Il y a là quelques centaines d'hommes et de femmes, tous élégants, qui marchent lentement. Le cortège est encadré par la garde royale pour éviter toute précipitation. Les quatre hommes de Dordogne se considèrent à ce moment précis au centre du monde. N'ont-ils pas réalisé leurs rêves ? Des laquais en livrée filtrent les entrées et assurent la répartition des invités sur l'ensemble du parc le long des pièces d'eau. Le faste du décor, la taille des buffets dressés, le nombre des torches enflammées et la variété des orchestres réunis sur tout le parcours éblouissent les quatre compères. Willibert rejoint la vicomtesse sur une tribune officielle, tandis que les trois autres s'installent non loin pour profiter au mieux du défilé naval.

Les tambours et trompettes annoncent l'arrivée du roi. Il effectue une visite rapide des participants à la fête. Il souhaite une démonstration avant que la nuit tombe.

– Regardez ! Les voilà ! s'exclame Mauro en montrant à ses amis l'importante délégation menée par le roi, passant en revue sur le Grand Canal les répliques réduites des navires de guerre de la Marine royale construites par les charpentiers de Dunkerque. À bord de chacune, un canon, dont les proportions détonnent avec la petite taille du bateau.

– Tant mieux, tant mieux si on ne voit qu'eux, estime la vicomtesse, bientôt présentée à Sa Majesté.

Une escouade de marins du Havre s'active autour de ces étranges embarcations construites pour cette seule occasion. On dit que le Grand Canal a été creusé un peu plus profondément et élargi afin que ces petites galiotes puissent virer de bord pendant le ballet nautique.

Une fête de cette dimension a pour but d'offrir à la cour et à quelques milliers de privilégiés français et étrangers une manière supplémentaire de boire et de manger à la santé de leur hôte le roi de France. Les délégations sont nombreuses à découvrir ces canons dont ils ne connaissent pas les derniers modèles, et pour cause.

Les ultimes préparatifs pour le feu d'artifice sont réalisés avec prudence. Le pas de tir en stuc est décoré de tentures rouge et or. Mauro, Thérold et Noyès observent Willibert en grande discussion avec le chambellan du roi qui présente ensuite la vicomtesse à Sa Majesté. Le cœur de Mauro bondit sous sa chemise. Il est si fier d'Aléïde ! Elle est resplendissante dans sa robe de taffetas myosotis. Sa chevelure descend en couronne de fleurs sur ses épaules dénudées. C'est la seule femme à occuper de telles responsabilités dans un domaine aussi particulier que l'armement. Le roi s'arrête. Une courte révérence d'Aléïde, quelques mots du souverain, un sourire. Sa Majesté, entouré comme d'habitude dans les lieux publics de ses fidèles protecteurs le duc de Richelieu et le duc d'Ayen, prête une attention soutenue aux dernières productions des forges de Savignac-Lédrier. Quand Aléïde signale au roi que le plus gros canon jamais produit a été baptisé *Louis*, la foule des courtisans applaudit.

– Très original, conclut le duc de Richelieu, quelle bonne idée !

Le cortège repart, mais Thérold s'exclame :

– Là, regardez, la Champbrun ! Elle se dirige vers Berryer, le lieutenant général de police !

Marthe de Champbrun marche à vive allure dans sa direction. Elle n'a plus le temps de masquer son boitillement. Arrivée près de Berryer, elle lui parle, visiblement agitée.

– Qu'est-ce qu'elle fait là, cette garce ? lâche Mauro entre ses dents.

La baronne, toute de noir vêtue, une voilette jusqu'à mi-visage, pointe un doigt dans leur direction. Berryer les regarde alors, le visage sombre.

– Ne restons pas là, ordonne Thérold.

Il se faufile jusqu'à la vicomtesse. À leur vue, elle leur manifeste sa joie.

– Mes amis ! Vous avez vu ! Le roi ! Il m'a dit : « Madame, nous sommes fier de vous. » Vous vous rendez compte ?

– Mais il a bien raison, le roi, admet Noyès. Et nous aussi, chère Aléïde, nous sommes si fiers. Et heureux. Heureux, oui.

– Quelle aventure ! Quelle aventure ! Merci à vous quatre.

Aléïde regarde Mauro avec tendresse. Sa fougue, sa droiture et ses talents amoureux. Elle n'a rien oublié.

Sans l'avoir remarqué avant, Thérold découvre derrière lui Simon Ladevie, l'adjoint de Berryer. Il s'entretient rapidement avec à mots couverts. Mauro et Noyès devinent la gravité du propos. Ladevie se retire. Thérold entraîne ses amis derrière un grand buis.

– Ladevie a entendu la Champbrun dire à Berryer : « Ne les laissez pas s'échapper. Arrêtez-les ! » Elle a désigné Noyès en disant : « Lui, c'est un curé défroqué qui fait payer des filles pour coucher avec le roi. »

– Quoi ? fait Mauro. C'est la Champbrun qui a dit ça ?

– Attends, c'est pas tout. Elle aurait dit aussi que je dirige une bande de pilleurs de châteaux. Et que c'est nous qui avons organisé le vol des meubles de la Pompadour !

Mauro, furieux, est prêt à bondir pour retrouver la Champbrun.

– Non, Mauro ! Arrête, on nous observe ! Y a autre chose, indique Thérold. Elle nous accuse d'avoir attenté à la vie de son mari.

– Non ? Elle a osé dire ça ?

Mauro n'en revient pas.

Thérold annonce enfin que le chef de la police a chargé Ladevie de les interpeller. Que la Champbrun est la dame de compagnie de la marquise de Pompadour et qu'il ne pouvait rien lui refuser. Mais il a ajouté : « Je sais qu'elle ment, je vous laisse une demi-heure pour fuir, au-delà, j'interviendrai. »

Mauro est abattu, la soirée pourtant ne fait que commencer.

La Champbrun traverse la foule, elle semble continuer d'alerter d'autres membres de la cour.

– J'ai une idée, dit-il, suivez-moi.

Ils rebroussent chemin, quittent l'espace réservé aux invités, et se dirigent vers le château sans éveiller l'attention.

– Enlevez vos redingotes, jetez-les avec vos chapeaux dans les buissons.

– Et Aléïde ? s'inquiète Willibert.

– Elle n'est en rien impliquée dans tout ça, elle s'en sortira.

Ils dépassent plusieurs grappes de courtisans, traversent les jardins, contournent les plans d'eau sans leurs vêtements de soirée, juste en chemise désormais. Ils pourraient aisément être pris pour des domestiques.

Mauro demande où se trouvent les appartements de la Pompadour.

– La Pompadour ? Mais tu es fou, Mauro !

– Non, c'est le dernier endroit où la Champbrun ou les gardes viendraient nous chercher. Elle nous a bien invités, après tout ! Elle nous doit une faveur...

– Mais si elle n'est pas là ?

– Cest possible en effet, mais en tant qu'ancienne

favorite, elle n'assiste plus aux fêtes comme celle-ci. Allons-y !

En file indienne, sur leurs gardes, ils atteignent les appartements de la marquise. Devant la porte, un laquais tente de s'interposer. Il est vite bousculé et assommé. Ils entrent, une des servantes prend peur, porte la main à sa bouche.

– Où est la marquise ? Ne t'inquiète pas, on ne lui veut pas de mal.

Elle désigne des yeux la chambre à coucher.

Mauro, une fois de plus, pousse la porte.

– Attendez-moi là, j'en ai pas pour longtemps.

La marquise est allongée sur sa méridienne au velours élimé. Elle garde une étole brodée de fleurs de lys sur les épaules. Il fait un froid glacial. Elle lit.

– Mais, monsieur... que faites-vous là ? Je ne vous attendais pas ici.

Mauro met un genou à terre et lui saisit les deux mains.

– La situation que je vais vous exposer nécessite cette intrusion. Nous sommes menacés, avec mes amis restés derrière la porte, par la baronne de Champbrun.

– Marthe de Champbrun ? Elle vous menace ? Je vous croyais plus courageux, Mauro, confesse la marquise.

En quelques minutes, il raconte tout depuis le début de sa rencontre avec la baronne, jusqu'à la dénonciation collective, à laquelle la Champbrun s'emploie en ce moment même.

La marquise est déstabilisée par tant de détails. Elle pose son livre à côté d'elle.

– Ce que vous me dites me paraît extravagant, mais j'ai tendance à vous croire, parce que Marthe n'est pas une sainte, et c'est même pour cela que je l'utilise. Quoi qu'il en soit, qu'attendez-vous de moi ?

Mauro lui indique que la police les recherche, et qu'il leur faut quitter le château incognito au plus vite.

– Monsieur, je constate que vous ignorez tout des usages de la cour, mais je ne vous en tiens pas rigueur. Promettez-moi de ne jamais révéler votre présence en ces lieux.

Elle lui indique alors le chemin secret pour quitter furtivement le domaine.

– Vous allez déboucher sur une grille qui donne directement sur le bosquet de Girandole. Sortez par là. Vous serez à dix minutes à pied du Parc-aux-Cerfs, que vous connaissez, je crois... Je ne vous ai pas vus. Ne revenez plus jamais ici.

Elle le conduit jusqu'à la porte.

– Madame, le temps de notre...

Mauro hésite.

– ... de notre... de ces instants à vos côtés, j'ai sans doute connu mon plus beau duel amoureux. Merci.

La marquise s'arrête.

– Je ne suis pas loin de penser la même chose que vous. Allez, partez maintenant, monsieur, et bonne chance.

Mauro entraîne ses amis suivant les indications de la

marquise. Dans les écuries du Parc-aux-Cerfs, ils s'emparent d'un carrosse pour regagner Paris. Il est bientôt vingt-trois heures, l'heure du feu d'artifice approche. Ils se dirigent le plus vite possible vers l'auberge de la Pomme de Pin pour récupérer quelques affaires et leur magot.

Ils débarquent dans l'établissement où les effluves d'alcool et de tabac se mêlent aux rires.

– Ah bah, vous revoilà déjà ? bougonne Chapuis, bien aviné.

Noyès est chargé de remplir une malle avec les effets de chacun.

Thérold se dirige vers le tonneau où est caché leur argent, l'ouvre et récupère avec Mauro quatre sacs de lingots d'or, devant les clients stupéfaits.

– On regarde ! On ne touche pas ! avertit Mauro, un pistolet à la main. Il reste des pièces au fond, vous vous servirez après notre départ. J'ai dit « après notre départ », martèle-t-il.

Les quatre hommes retournent à l'écurie, montent dans le plus grand carrosse. Mauro est le dernier. À bord, une invitée surprise.

– Lison, mais qu'est-ce que tu fais là ? s'extasie Mauro.

Lison est installée sur la banquette, son bébé dans les bras.

– Mon Dieu, le petit Salvin...

Il a grandi. Il n'a plus la tête d'un nourrisson.

– Je t'ai attendu, révèle Lison. Tu n'es pas venu. Alors Willibert m'a proposé de m'emmener. Ça te fait plaisir ?

En temps normal, Mauro l'aurait embrassée et entraînée dans sa chambre, mais là, le temps presse, la situation est périlleuse, il faut fuir.

– Oui, oui, c'est une bonne surprise, ma Lison. Mais dépêchons-nous, ne restons pas ici.

Il prend Salvin dans ses bras, le couvre de baisers et s'interroge.

– Mais lui, ce n'est pas trop risqué de l'emmener ?

– Trop tard, l'interrompt Willibert. On ne pouvait pas deviner ce qui allait se passer.

Les autres approuvent.

– Je reste avec toi maintenant, c'est pour ça que j'ai pris Salvin. Je te suis. Je ne te quitte plus. Plus jamais.

Mauro referme la porte du carrosse.

– Bon voyage, beugle Chapuis qui les a accompagnés, à bientôt peut-être, un jour...

Le carrosse des fugitifs recherchés par toutes les polices du roi abandonne Paris par la porte de Bagatelle, direction l'ouest. Au loin, au-dessus de Versailles, un feu d'artifice éclate dans le ciel. Lison sourit, les quatre amis aussi.

Quelques jours plus tard, un carrosse s'arrête sur le quai de la Fosse, à Nantes, où est amarré le Prince de Nizarre. *En descendent quatre voyageurs, une jeune femme et un enfant. Ils achètent des billets pour l'Amérique.*

Lecture achevée le 25 Juin 2021
un peu décevant dans l'ensemble
surtout au niveau historique !

Bibliographie

Petitfils, Jean-Christian, *Le Régent*, Paris, Fayard, 1986 ; coll. « Pluriel », 2013.

Lever, Évelyne, *Madame de Pompadour*, Paris, Perrin, coll. « tempus », 2003.

Levron, Jacques, *La Vie quotidienne à la cour de Versailles aux XVII*e *et XVIII*e *siècles*, Paris, Hachette, 1995.

Benabou, Érica-Marie, *La Prostitution et la police des mœurs au XVIII*e *siècle*, Paris, Perrin, 1987.

Meyer, Jean, *La Vie quotidienne en France au temps de la Régence*, Paris, Hachette, 1979.

Blond, Germaine et Georges, *Festins de tous les temps*, Paris, Fayard, 1976.

Kunstler, Charles, *La Vie quotidienne sous Louis XV*, Paris, Hachette, 1957.

Archives départementales des Deux-Sèvres et de la Vienne (en ligne) : https://archives-deux-sevres-vienne.fr

Archives départementales de la Dordogne (en ligne) : https://archives.dordogne.fr/r/7/archives-numerisees/

DU MÊME AUTEUR

Les Dents du bonheur, Albin Michel, 2014.

Télématin-Les bons plans, Albin Michel, 2013.

En tête à tête avec Marcel Pagnol, avec Philippe Lorin (illustrations) et Jean-Joseph Julaud, Gründ, 2013.

Quand les grands étaient petits, Fayard, 2009.

Paroles de gosses, Albin Michel, 1997.

Fréquence Mômes : les enfants ont la parole, Belfond/France Inter, 1995.

Composition : Nord Compo
Impression : CPI Bussière en mars 2021
Éditions Albin Michel
22, rue Huyghens, 75014 Paris
www.albin.michel.fr
ISBN : 978-2-226-44840-8
N° d'édition : 23864/01 – N° d'impression : 2055759
Dépôt légal : avril 2021
Imprimé en France